동심에서 건져올린 해맑은 감동

동시쓰기

동심에서 건져 올린 해맑은 감동, 동시쓰기

1판 1쇄 인쇄 2024년 4월 30일
1판 1쇄 발행 2024년 5월 10일

지은이 이준관
펴낸이 이재종
펴낸곳 도서출판 아로파
주소 서울시 강남구 도곡로 63길 23, 302호
전화 02-501-1681
팩스 02-569-0660
홈페이지 www.rainbownonsul.net
이메일 rainbownonsul@hanmail.net
ISBN 979-11-87252-12-2 (13800)

동심에서 건져올린 해맑은 감동

동시쓰기

동시를 쓰는 것만큼 즐거운 일은 없다.
빗방울 한 개에서 세계를 돌아다니며 시시덕거리는
장난꾸러기의 마음을 느낄 수 있고,
밤에 가만히 딸기밭을 뒤지는 바람의 손을 느낄 수 있고,
또한 얼굴이 갸름한 딸기의 표정을 읽을 수 있는,
이것이야말로 이 세상의 모든 것과
친구로 사귀는 일이기 때문이다.

- 박목월

머리말

동시는 순수한 동심으로 돌아가 세상을 바라보고 쓴 시이다. 동심으로 돌아간다는 것, 그처럼 행복한 것이 어디 또 있으랴. 그래서 동심으로 돌아가 시를 쓰는 것은 즐겁고 행복한 일이다. 사람들은 시 쓰기에 겁을 먹고 시를 어렵게만 느낀다. 그러나 시는 누구나 쓸 수 있다.

나는 이 책에 누구나 동시를 즐겁게 쓸 수 있도록 동시 창작에 관한 모든 것을 쉽고 자세하게 썼다. 그리고 시를 알고 싶어도 이론서가 너무 어렵고 딱딱해서 제대로 이해할 수 없었던 부모님이나 선생님들도 시를 쉽게 이해할 수 있게 시의 주요 요소들을 빠뜨리지 않고 설명하려 했다. 또한 시를 배우고 쓰려는 어린이들에게도 도움이 되도록 어른이 쓴 동시와 어린이들이 쓴 시를 함께 예문으로 제시했다. 말하자면 이 책은 동시를 쓰려는 사람들에게는 동시 쓰기의 길잡이가 되고, 시를 알려고 하는 사람들에게는 친절한 시 이해의 안내서가 되며, 시를 배우고 쓰려는 어린이들에게는 시 짓기에 도움이 되도록 쓴 것이다.

처음 이 글을 시작할 때는 걱정이 앞섰다. 참고할 만한 동시 창작에 관한 글도 드물뿐더러 동시 하나로 한 권 분량의 책을 낸다는 것은 아무래도 벅차다고 생각했기 때문이다. 글을 쓰는 동안 어려움이 많았다. 내용에 맞는 좋은 동시를 찾는 일도 만만치 않았으며 어려운 시 이론을 쉽게 풀어서 설명하기도 쉽지 않았다. 그러나 동시 쓰기에 관한 책으로서는 보기 드물게 제법 묵직한 한 권의 책이 되어 보람과 기쁨을 느낀다.

동시를 쓰는 일은 즐거운 일이다. 즐거운 마음으로 동시를 쓰려는 사람들에게 이 책이 도움이 되기를 바란다. 또한 자녀들과 학생들에게 시가 무엇이며, 어떻게 쓰는 것인가를 가르치려는 부모님과 선생님들, 시를 쓰려는 어린이들에게도 도움이 되기를 바란다.

– 이준관

차 례

시적인 생각을 어떻게 떠올릴까 64

진실한 감동과 생생한 느낌을 어떻게 살릴 것인가 93

동시, 어떤 말을 골라 쓸까 99

참신한 비유를 어떻게 찾을 것인가 108

1장

동시 자세히 들여다보기

/

동시란 무엇인가

동시란 무엇일까? '동화'라고 하면 동화 작가가 아이들에게 읽힐 목적으로 쓴 이야기라는 것을 잘 알면서도 정작 동시에 대해서는 개념을 제대로 이해하지 못하는 사람이 많다. 가장 큰 오해는 동시를 '어린이들이 쓴 시'와 혼동하는 점이다. 동시가 무엇인지 정확히 알기 위해서는 '어른이 쓴 동시'와 '어린이가 쓴 시'가 어떻게 다른지 알아야 한다.

1. '동시'와 '어린이시'는 어떻게 다른가

동시와 어린이시의 다른 점은 '누가 쓰느냐'에 있다. 동시는 '어른이 쓴 시'이고 어린이시는 '어린이가 쓴 시'이다. 따라서 어린이가 쓴 작품은 동시가 아니라 '어린이시' 또는 '아동시'라고 해야 한다. 물론 어린이가 쓴 작품 중에 어른이 쓴 동시를 뛰어넘는 경우도 있지만 어디까지나 특수한 예외일 뿐이다. 어른이 동심으로 돌아가 쓴 시는 '동시'요, 어린이들이 자신의 생활이나 생각을 쓴 시는 '어린이시'이다.

어른이 쓴 동시와 어린이가 쓴 시를 혼동하는 이유는 동시와 어린이시가 닮은 점이 많기 때문이다. 그래서 처음 동시를 쓰는 사람들 중에 어린이시와 비슷하게 써 놓고 동시라고 착각하는 사람이 의외로 많다.

어린이가 쓴 시의 특징은 무엇보다 자신의 생활과 마음을 어린이답게 표현한다는 점이다. 그러나 동시는 어른이 동심으로 돌아가 보고 느낀 것을 쓰거나, 어린이의 생활을 세밀히 관찰하여 표현한다는 점에서 어린이가 쓴 시와 다르다.

어린이가 쓴 시는 어린이답게 단순하고 솔직하다. 어린이들은 자신의 생활이나 생각을 소박하게 표현하기 때문이다. 그러나 어른이 쓴 동시는 어린이가 쓴 시와 달리 관찰이 치밀하고 생각에 깊이가 있으며 표현이 세련되었다. 따라서 어른이 쓴 동시는 어린이들이 발견하지 못한 생각이나 표현이 들어 있기 마련이다.

2. 동시는 누가 읽는가

동시는 물론 어린이들이 읽는다. 그래서 동시를 '어린이를 위한 시'라고 하기도 한다. 그러나 어른들도 동화를 읽듯이 동시 또한 어른들이 읽는다는 사실을 놓치면 안 된다. 동시는 어른이 순수하고 맑은 동심으로 쓴 시이다. 동심의 세계를 그리워하는 어른들도 동시를 읽고 즐긴다. 필자가 이 말을 강조하는 이유는 동시를 유치하게 생각하거나 가볍게 생각하지 말자는 뜻에서다. 어른도 읽고 즐기는 만큼 동시도 '시'로서의 품격을 갖추어야 한다. 좋은 동시를 쓴 시인도 많다. 정지용, 윤동주, 박목월, 오규원, 김용택 시인 등이다. 이들은 품격을 갖춘 동시를 써서 어른 독자들에게도 감동을 주었다.

다음 작품을 읽어 보자.

까치가 울어서
산울림
아무도 못 들은
산울림

까치가 들었다
산울림
저 혼자 들었다
산울림

- 〈산울림〉, 윤동주

고요하고 외로운 산속의 정경을 이렇게 절묘하게 표현한 시가 어디 있을까. 몇 자 안 되는 문장 속에 산속의 고요함을 오롯이 담아냈다. 동시지만 한 편의 일반시로서도 손색이 없다. 〈산울림〉은 아이들을 대상으로 하는 작품이라고 동시를 낮추어 보면 안 된다는 것을 잘 보여 주는 작품이다.

3. 동시를 왜 쓰는가

누구나 순수한 동심을 지니고 있으며 특히 시인들은 동심을 오래 간직한다. 이를 시로 표현한 것이 바로 동시이다. 다음 글은 시인과 아동문학가로 유명한 박목월의 《산새알 물새알》이라는 동시집에 실린 꼬리말이다.

> 동시를 왜 쓰느냐고 누가 묻는다면, 내 대답은 간단하다.
>
> - 즐겁기 때문에.
>
> 그렇다. 동시를 쓰는 것만큼 즐거운 일은 없다.
>
> 왜 즐거운가?
>
> 빗방울 하나에서 세계를 돌아다니며 시시덕거리는 장난꾸러기의 마음을 느낄 수 있고, 밤에 가만히 딸기밭을 뒤지는 바람의 손을 느낄 수 있고, 또한 얼굴이 갸름한 딸기의 표정을 읽을 수 있는, 이 일이야말로 세상 모든 것과 친구로 사귀는 일이기 때문이다.

박목월 시인은 동시를 쓰는 일이 세상 모든 것의 마음과 표정을 느끼고 읽을 수 있기 때문에 즐겁다고 했다. 아이의 마음과 눈으로 바라본 세상은 즐겁고 행복하다. 그렇기에 시인들이 동시를 쓰는 것이다.

그리고 시인이 동시를 쓰는 또 다른 이유는 어린이 독자들을 위해서다. 어린이들은 마음이 밝고 건강하게 자라야 한다. 그러려면 시처럼 좋은 것이 없으므로 어린이들이 맑고 밝게 자라기를 바라는 마음으로 동시를 짓는다.

4. 동시는 무엇인가

앞에서 필자는 동시가 무엇인지 알아보기 위해서 동시의 이모저모를 자세히 살펴보았다. 여러분은 이쯤에서 동시가 무엇인지 짐작했을 것이다. 동시는 무엇인가? 동시는 어른이 동심으로 돌아가 쓴 시라는 점에서 '동심을 바탕으로 한 시'라고 할 수 있다. 그리고 어린이에게 읽힐 목적으로 쓴 시라는 점에서 '어린이를 위한 시'라고도 할 수 있다.

따라서 동시는 어린이다운 생각과 느낌을 잘 살려야 한다. 그리고 동시도 시이므로 시의 요건을 갖추어야 한다. 동시는 동심과 시가 조화를 이루도록 해야 한다. 동시의 독자가 어린이라고 해서 소재나 시 세계를 어린이만의 생활로 너무 좁히면 안 된다. 아이의 눈에 비친 세계를 시로 표현한다는 생각으로 쓰는 것이 좋다. 어린이 독자를 의식해야 하지만 그에 못지않게 시의 문학성도 배려해야 함을 잊지 말자.

동심을 알면 동시가 보인다

동시는 그냥 쓰이는 것이 아니다. 준비 단계가 필요하다. 아이들에게 독특한 세계가 있다는 것을 이해해야 하고, 그러려면 먼저 아이들을 잘 알고 좋아해야 한다. 자신이 쓰려고 하는 아이들과 친해져야 한다. 직접 만날 기회가 없으면 그들의 세계를 이해할 수 있는 책을 읽거나 연구를 해야 한다.

필자는 동시를 쓰기 위해 아이들의 세계를 체험해 보려고 몇 년간 놀이터에서 아이들과 어울리며 놀았다. 이 과정에서 아이들에게는 어른과 다른 세계가 있다는 것을 알게 되었다.

1. 아이들은 모든 것을 인간처럼 생각한다

먼저 아이들은 자연이나 사물을 사람처럼 생각한다. 바로 물활론(物活論)적 사고다. 나이가 어릴수록 더 그런 경향을 보인다. 무더운 여름철 부지런히 기어가는 개미를 보고도 "야, 무척 더워서 힘들겠다."라고 한다. 집에서 기르던 병아리가 죽으면 불쌍하다고 땅에 묻어 주기도 한다. 어린 시절 겨울밤에 밤나무 숲에서 부엉이가 울어대면 '부엉이는 혼자 얼마나 무서울까?' 하고 걱정으로 내내 가슴 졸이던 기억이 지금도 생생하다.

이것이 동심이다. 그래서 동시에서 가장 많이 사용하는 비유법이 의인법과 활유법이다. 이는 아이들의 가진 사고 체계의 특징 때문이다.

2. 아이들은 잘 감동한다

나는 골목길 놀이터에서 아이들과 함께 어울려 지내는 동안 아이들이 참 잘 감동한다는 것을 알았다. 늘 보는 참새들을 향해서도 "야, 전깃줄에 앉은 참새를 봐!" 하고 감격해서 소리친다. 제비가 나타나 집을 지으면 그 주변을 떠나지 않고 쳐다보고 또 쳐다본다. 비 온 뒤 달팽이라도 나타나면 만져 보고 건드려 보고 신기해한다. 아이들에겐 눈에 보이는 모든 것이 감동의 대상이다.

자연과 사물, 일상에서 느낀 바를 표현한 것이 시이다. 이런 면에서 아이들은 모두 시인이다. 어른들은 좀처럼 감동하지 않지만 아이들은 작은 일에도 감탄한다. 어렸을 때 보리밭 한가운데서 종달새 둥지의 뽀얀 새알을 보고 가슴 두근거리던 느낌이 아직도 선명하다. 사소한 일이라도 아이들처럼 감동의 눈으로 바라보면 좋은 동시를 쓸 수 있다.

3. 아이들은 이 세상이 늘 새롭다

아이들에게는 세상 모든 것이 매일 새롭고 신선하다. 오늘 아침에 뜬 해도 어제의 해와 다르다.

어른들의 세계는 낡고 볼품없는 것으로 가득하다. 항상 다람쥐 쳇바퀴처럼 반복되며 지루하고 답답하다. 반면 아이들에게는 자연 현상과 세상 사물들이 새롭고 놀라울 뿐이다. 지구에 처음 발을 디딘 외계인처럼 신기한 눈으로 바라보라. 그러면 세상이 경이로움으로 가득할 것이다. 외계인의 눈으로 보면 아무도 생각하지 못했던 아주 멋진 동시를 쓸 수 있다.

4. 아이들은 상상력이 풍부하다

아이들은 상상력이 풍부하다. 어쩌면 상상보다는 공상에 가까울지도 모른다. 필자도 어린 시절 마당에서 땅바닥에 금을 긋고 놀면서 별나라 지도라고 상상했다. 그리고 별나라 사람들의 모습을 생각하곤 했었다. 이처럼 아이들은 상상 놀이를 만들고 즐긴다. 동심의 상상력, 비록 공상적이고 하찮고 비합리적일지라도 소중히 여겨야 한다. 그것이 동시를 쓰게 하는 힘이다.

5. 아이들은 사물과 자연에 말 걸기를 좋아한다

아이들에겐 모든 것이 친구이며 친구에게처럼 말을 건다. 구름을 보고도 "구름아, 구름아, 어디 가니?" 하고 묻는다. 자연과 사물에게 친구처럼 말을 건네는 동심이 바로 시심(詩心)이다. 동심은 칭찬이라도 들은 날엔 아무나 붙잡고 자랑하고 싶고, 슬픈 일이 있을 때면 자신의 마음을 털어놓고 싶은 것이다.

아이들처럼 세상 만물에게 말을 걸어 보라. 그러면 그 사물과 친구처럼 대화하게 될 것이다. 그 대화를 글로 옮겨 적어라. 누군가에게 꼭 하고 싶은 말이 있으면 해 보라. 그것이 바로 시가 될 것이다.

6. 아이들은 남의 마음이 되어 생각하고 느낀다

아이들은 남의 마음과 아픔을 자신의 것으로 느끼고 생각한다. 동심은 부러진 나뭇가지를 보고도 '나무가 얼마나 아플까' 하고 생각한다. 아이들은 작고 하찮은 것들의 아픔까지 자신의 아픔으로 받아들인다.

한번은 놀이터에서 놀던 한 아이가 다쳐서 피를 흘렸다. 그런데 정작 다친 아이보다 주변 아이들이 더 겁에 질려 소리를 지르고 소란을 피워서 무척 당황했다. 어린 아이들은 훌쩍훌쩍 울기까지 했다. 다른 이의 아픔을 자신의 아픔으로 받아들이는 것이 바로 시 쓰기의 출발점임을 잊지 말아야 한다.

7. 아이들은 반복되는 리듬을 좋아한다

아이들이 고무줄놀이를 하는 모습을 보면 똑같은 노래와 동작을 반복하는 것을 알 수 있다. 아이들은 지루해하거나 지치지도 않고 흥겹게 반복한다. 잠자리가 빙글빙글 맴돌면 아이들도 잠자리를 따라 돌면서 즐거워한다. 아이들은 반복적인 리듬을 좋아한다. 그래서 전래 동요에도 반복 리듬이 많다. 따라서 시에는 리듬이 있어야 하며, 특히 동시에는 리듬이 살아 있어야 한다.

/

좋은 동시란

이번에는 어떤 동시가 좋고 어떤 동시가 좋지 않은지 알아보자. 이것을 먼저 구분해야 좋은 동시를 쓸 수 있기 때문이다. 사람에 따라 잣대가 다르기 때문에 어떤 시가 좋다고 딱 떨어지게 말할 수는 없으나 '아, 이것이 좋은 동시구나' 하고 공감할 수 있는 기준은 있다. 제임스 스미스(James A. Smith)가 제시한 어린이를 위한 좋은 시를 선택할 때 고려할 사항을 소개한다. 물론 여기에 제시한 것이 절대적인 기준은 아니지만 좋은 동시를 구분하는 데에는 도움이 될 것이다.

· 어린이들 스스로 그 시를 좋아해야 한다. 어린이들은 특히 자신과 비슷한 경험을 담은 시를 대할 때 흥미를 갖는다.
· 시는 정직하고 진실한 표현을 담아야 한다. 어린이의 경험 자체가 될 수 있는 진실성이 있어야 한다.

· 시는 독창적이어야 한다. 독특하고 개성 있는 새로운 작품을 쓸 수 있어야 한다.

· 시는 정서적 공감대를 형성할 수 있어야 한다. 어린이들을 위한 좋은 시는 생생한 감각 요소를 갖고 있다. 즉, 독자는 시를 통해 미소 짓고 혹은 깔깔 웃고 얼굴을 찡그리고 눈물을 흘리기도 한다. 좋은 시는 공감대를 만든다.

· 동화시는 그 속에 적절한 주제, 생동감 있는 구성, 기억될 만한 주인공, 독특한 문제 등을 담고 있어야 한다.

· 시는 언어의 리듬과 음악성을 담아야 한다. 시의 리듬은 시를 들을 때 머리를 끄덕이거나 손뼉을 치거나 어깻짓을 하게 하는 것, 읽었을 때 언어가 갖는 운율을 포함해야 한다.

· 시는 활기 있는 묘사, 분명하고 정확하며 상상력이 풍부한 말로 쓰여야 한다.

· 시는 읽어 주었을 때 듣는 기쁨을 맛볼 수 있어야 한다.

- 이상금·정영희, 《유아문학론》에서 재인용

다음은 어떤 시가 좋은 '어린이시(아동시)'인지 소개한 글이다.

· 대상을 붙잡고 썼는가, 아니면 아무 내용 없는 말장난을 하고 있는가?

· 실감 나고 가슴에 와닿는 '살아 있는 시'인가 아니면 말장난 같은 '죽어 있는 시'인가?

· 자기 체험이나 생활에서의 감동을 바탕으로 쓴 진실성 있는 시인가, 아니면 남의 작품을 모방하여 손끝 재주로 쓴 어른스럽고 매끄러운 시인가?

· 주제가 명확할 뿐 아니라 전체 내용과 통일되어 있으며 이미지가 선명하고 형상화가 잘된 시인가?

· 생각과 느낌을 자신의 언어와 목소리로 나타낸 시인가, 아니면 '-은 요술쟁이' 같은 고정관념에 얽매인 시인가?

- 김녹촌, 《일본 어린이시》 중에서

여기 소개한 글 역시 절대적인 기준이 아니므로 참고만 하기 바란다.

다음은 구체적으로 좋은 동시는 어떤 동시여야 하는지 알아보자.

1. 어떤 동시가 좋은 동시일까

* 좋은 동시에는 동심이 담겨 있다

좋은 동시는 아이들의 마음을 잘 포착해야 한다. 읽는 사람이 '아, 이건 내 이야기야.', '내 마음을 그대로 표현했어.' 하고 공감할 때 좋은 동시라고 할 수 있다.

시커멓고 쓴 약

아버지가 지어오신 약

한 탕기나 되는 약
어머니가 다리신 약

시커멓고 쓴 약
아버지도 먹으라고만
한 탕기나 되는 약
어머니도 먹으라고만

눈 딱 감아도 시커먼 약
입 딱 벌려도 안 넘어가는 약

- 〈약〉, 이태준

'눈 딱 감아도 시커먼 약', '입 딱 벌려도 안 넘어 가는 약'이라는 구절에 아이의 마음이 보인다. 어린 시절 쓰디쓴 한약을 먹어 본 경험이 있다면 이해되는 대목이다. 입 딱 벌려도 잘 넘어가지 않는 약, 시커멓고 쓴 약을 억지로 먹을 수밖에 없는 심정을 잘 잡아내어 실감나게 표현했다.

*** 좋은 동시는 아이들의 생활과 체험을 담고 있다**

아이들의 생활과 경험을 쓴 시가 생동감 있는 좋은 동시이다. 머리로 꾸며낸 시는 대체로 추상적이고 관념적인 경우가 많다.

그러나 아이들의 생활 속 체험을 쓰면 시에 감동과 진실성이 담긴다.

달 달 달 달……

어머니가 돌리시는
미싱 소리를 들으며
저는 먼저 잡니다
책 덮어 놓고
어머니도 어서
주무세요, 네?

자다가 깨어나면
달달달 그 소리
어머니는 혼자서
밤이 깊도록
잠 안 자고 삯바느질
하고 계셔요

돌리시던 미싱을
멈추시고

"왜 잠 깼니?
어서 자거라."

어머니가 덮어주는
이불 속에서
고마우신 그 말씀
생각하면서
잠들면 꿈속에도
들려옵니다

"왜 잠 깼니?
어서 자거라
어서 자거라……"

- 〈밤중에〉, 이원수

이 시를 읽으면 방 안의 어머니와 아이의 모습이 눈에 선히 떠오른다. 밤중에 재봉틀을 돌려 삯바느질을 하는 가난한 어머니와 이불 속에서 어머니의 뜨거운 사랑을 느끼는 아이의 마음을 그렸다. 실생활 속의 감동을 써야 읽는 사람의 마음에 깊은 울림을 줄 수 있다.

*** 좋은 동시는 참신하고 독창적이다**

문학은 상투성과의 끊임없는 싸움이다. 시에는 읽는 이를 깜짝 놀라게 할 참신한 발상과 비유가 있어야 한다. 자신만의 개성과 표현이 있는 작품은 독자에게 신선함과 충격을 준다.

별을 보았다

깊은 밤
혼자
바라보는 별 하나

저 별은
하늘 아이들이
사는 집의
쬐그만
초인종

문득
가만히
누르고 싶었다

- 〈별 하나〉, 이준관

별을 초인종이라 표현한 독특함이 이 동시의 매력이다. 별과 초인종은 실제로 아무 관련이 없지만 둘을 결합하여 새로운 의미를 만들었다. 시는 이렇듯 독창적인 발상이 있어야 한다. 다른 사람들이 쓰지 않은 비유와 생각은 독자들에게 놀라움을 준다.

*** 좋은 동시는 아름다운 생각과 마음을 담고 있다**

동심의 세계는 아름답다. 이원수 시인은 아름다운 마음 없이 동시가 쓰일 수 없다고 했다. 그리고 시의 아름다움으로 자연계의 아름다움, 상상의 아름다움, 인정(人情)의 아름다움을 꼽으면서 이런 요소 때문에 우리가 동시를 즐긴다고 했다.

동시를 처음 쓰는 사람들이 저지르기 쉬운 잘못 중 하나는 동시가 아름다워야 한다는 생각에 사로잡혀 말을 곱게만 꾸미려 든다는 점이다. 동시의 감동은 그 안에 보이는 마음이 예쁘기 때문이다.

물새는

물새라서 바닷가 바위틈에

알을 낳는다

보얗게 하얀

물새알

산새는

산새라서 잎수풀 둥지 안에

알을 낳는다

알락달락 얼룩진

산새알

물새알은

간간하고

짭조롬한

미역 냄새

바람 냄새

산새알은

달콤하고 향긋한

풀꽃 냄새

이슬 냄새

물새알은

물새알이라서

날갯죽지 하얀

물새가 된다

산새알은

산새알이라서

머리꼭지에 빨간 댕기를 들인

산새가 된다

- 〈물새알 산새알〉, 박목월

이 동시에는 예쁘게 꾸민 말은 하나도 없다. 그러나 '참 멋진 시구나' 느껴진다. 물새알과 산새알을 아름답고 신비하게 표현했기 때문이다. 마음속에 떠오른 생각이나 감동을 진심이 담긴 말로 리듬 있게 나타낸 시가 좋은 시이다.

*** 좋은 동시에는 사랑이 깃들어 있다**

사랑은 타인의 마음을 헤아리고 아픔을 달래 주는 마음이다. 동시를 쓰는 마음은 무엇보다 남의 아픔을 감싸 주는 사랑의 마음이어야 한다. 사랑은 사람뿐만 아니라 작은 생명체에까지 이르러야 한다. 시에서 아름다움을 느끼거나 감동을 받는다면 그것은 시에 고운 심성이 드러났기 때문이다.

아침 이슬 빛나는 들길을 지나

종달이 울어 쌓는 언덕을 넘으면

멀리서 동무들이 부르는 소리, 지껄이는 소리
종소리는 맑은 하늘에 울려 퍼지고……
오늘은 어이 이리도 즐거우냐?
나는 웃으며 하늘을 쳐다보며 학교에 간다

그렇다. 진흙 구덩이에 빠져 헤어나지 못해
기진한 청개구리 한 마리,
내가 살려 준 그 조그만 목숨이
지금은 풀잎 위에 앞발을 모으고 앉아
반짝이는 이슬방울을 핥고 있겠지!

숙제를 못해 꾸중 들을 일도 참자
회비를 못 낸 일도 괴로워하지 말자
크레용 못 사는 걱정도
급장과 싸운 어제의 일도
까짓것 구지레한 일 바람 같이 지나가라!

아, 목숨 하나 다시 살아난 날은
이리도 즐거운 아침이냐?
새 세상이 살아난 듯하구나, 풀과 나무들이 웃는구나,
먼 산들이 팔을 벌리는구나

휘파람 불며 하늘을 쳐다보며

나는 학교에 간다

- 〈학교 가는 길〉, 이오덕

청개구리 한 마리를 살려준 이야기가 아름다운 시 한 편으로 태어났다. 시가 감동을 주는 이유는 다른 이의 아픔과 슬픔을 자신의 것으로 느끼고 받아들이는 사랑이 담겨 있어서다. 이 시 또한 작고 하찮은 목숨을 향한 마음이 깃들어 있기에 읽는 이에게 감동을 주는 것이다.

* 좋은 동시는 구체적이고 사실적이다

아이들은 구체적, 사실적, 감각적인 것을 좋아하고 추상적, 관념적인 것은 별로 좋아하지 않는다. 따라서 사실과 결합되어 내용이 풍부한, 그래서 살아 있는 듯한 작품이 좋은 동시이다.

책상 걸상을 죽 뒤로 밀어놓고

먼지떨이로 구석구석 먼지를 떨고

비로 박박 마루를 쓸고

물로 좍좍 걸레질을 하고

책상 걸상을 제자리에 나란히 해놓고

맑은 물을 길어다가

교탁과 교단을 다시 닦았다

비뚜루 놓인 교탁을 바로 놓다가
나는 문득 선생님이 되어 보고 싶었다

'강웅구 수고했소!
오늘 청소는 만점이오.
인제 집으로 돌아가도 좋소.'

언제 와 계셨는지 교실 문 앞에
담임 선생님이 서 계셨다

나는 부끄러워 어쩔 줄 모르다가
"선생님 청소 다 했습니다."
선생님은 빙그레 웃으시며
"강웅구 수고했소.
오늘 청소는 만점이오.
인제 집으로 돌아가도 좋소!"
그리고 선생님은 교사실로 가셨다

복도를 쓸던 동무들과

유리를 닦던 동무들이

한꺼번에 "와아!" 하고 웃어버렸다

교사실로 가시던 선생님도

뒤돌아보시며

다시 한 번 빙그레 웃으시었다

- 〈청소를 끝마치고〉, 강소천

아이들이 교실을 청소하는 모습, 선생님 흉내를 내는 귀여운 모습을 눈에 보일 듯, 손에 잡힐 듯 구체적으로 그린 시이다. 아이들은 이처럼 사실적인 내용을 좋아한다. 자신의 직접 체험이나 생활 속의 감동을 진솔하게 표현해야 독자를 감동시키는 좋은 동시가 된다.

*** 좋은 동시는 새로운 의미를 깨닫게 해 준다**

모든 것은 나름대로 존재하는 까닭과 의미가 있으며 시는 의미를 밝히는 작업이다. 시인은 독자들이 '아하! 그래 맞아' 하고 고개를 끄덕일 만한 새로운 의미를 찾아야 한다.

미처

내가 그걸 왜 몰랐을까?

추운 겨울날

몸을 움츠리고 종종걸음 치다가

문득, 너랑 마주쳤을 때

반가운 말보다 먼저

네 입에서 피어나던

하얀 입김!

그래, 네 가슴은 따듯하구나

참 따듯하구나

- 〈입김〉, 신형건

추운 겨울날 입김에서 친구의 따뜻한 마음을 느끼고 쓴 시이다. 이처럼 우리가 미처 알지 못한 의미와 가치를 새삼 발견하게 해 주는 시가 좋은 동시이다.

*** 좋은 동시는 리듬이 살아 있다**

동요와 동시에는 리듬이 살아 있어야 한다. 아이들은 리듬을 즐긴다. 골목길을 갈 때도 박자에 따라 걷고, 하다못해 구구단도 리듬에 맞춰 외운다. 따라서 음악성을 살려야 좋은 동시이다.

탱자 탱자

노랑 탱자

애들 몰래 동무가
갖다 준 탱자

주머니에 넣었다가
꺼내봤다가,

탱자 탱자
동글 탱자

몇 번이고 만져도
즐거운 탱자

책상 위에 놨다가
코에 댔다가

- 〈탱자〉, 권태응

친구가 몰래 갖다준 탱자에서 다정한 우정을 느끼는 아이의 마음을 리듬에 실어 표현했다. 시의 내용과 정서에 맞게 음악성을 잘 살렸다. 리듬과 음악성이 있는 동시는 암송하기도 좋아서 오랫동안 기억할 수 있다.

2. 어떤 동시가 좋지 않은 동시일까

*** 상식적이고 상투적인 작품**

상식적이고 상투적인 글은 타인의 생각을 자신의 생각처럼 쓴 경우가 대부분이다. 이런 작품은 대체로 모작이거나 표절작이다. 모작이 나오는 이유는 사물의 겉모습만 보기 때문이다. 수박 겉핥기식으로 보거나 머리로만 시를 꾸며서 쓰려 하기 때문에 기존의 작품과 비슷해진다. 산만 그리는 어느 화가는 그림을 위해 산을 수십 번 이상 올랐는데 오를 때마다 감회가 달랐다고 한다. 같은 꽃을 보고도 사람마다 느낌이 다른 법이다. 자신만의 느낌이 우러나오게 써야 진정한 자기 작품이라고 할 수 있다.

흰구름 둥둥
솜구름 둥둥

양 떼들이 구름 떠다
옷을 지어 입었다
흰구름 둥둥
양털구름 둥둥

위 글은 자신만의 생각이나 느낌이 없다. 낡고 텅 빈 껍데기 말이다. '흰구름 둥둥', '양털구름 둥둥'은 다른 사람이 쓴 표현일 뿐이다. 동시에 많이 나오는 '봄은 마술사', '구름과 달이 술래놀이를 한다', '새싹은 1학년 아이들처럼 저요, 저요 손을 든다' 같은 표현도 이미 많이 쓰인 것이다. 동시를 쓸 때는 고유의 생각과 느낌을 담아야 한다는 것을 잊지 말기 바란다.

*** 예쁘고 곱게 꾸미거나 장식한 작품**

사람들은 대부분 동심이 때 묻지 않은 순수한 것이라고 생각한다. 그러나 아이들이라고 마냥 착하기만 하지 않고 추한 면도 있다. 동시가 맑고 고와야 한다는 선입견 때문에 말을 꾸미려 든다. 그러나 우리가 알아야 할 것은 동시가 아름다운 이유는 동시 속에 담긴 생각, 마음이 아름답기 때문이라는 점이다.

빗속에서
우산을 펴면
우산이 활짝 얼굴을 펴고 웃는다

우산을 갖고
엄마 마중을 가는 날

우산을 돌리면
우산이 빙글빙글 자꾸만 웃는다

빗방울도 까르르깔깔 자꾸만 웃는다

- 〈우산〉, 이준관

이 시에는 예쁘고 아름다운 말은 한마디도 없지만 밝고 아름다운 느낌이 든다. 엄마를 생각하는 마음이 드러났기 때문이다.

다음 작품을 읽어 보자.

진종일 보슬보슬
비 내리는 숲 속

대롱대롱 매달린
빗방울 친구

이 시에는 '보슬보슬', '대롱대롱', '빗방울'처럼 영롱한 말이 쓰였지만 전혀 아름답지 않다. 겉치레로 꾸미려고 하면 진실성과 감동이 약해진다. 꾸미려 들지 말고 진실한 생각을 담으려고 노력하자.

*** 관념적이고 추상적인 작품**

'무엇을 쓰겠다'는 뚜렷한 목적 없이 시를 쓰면 막연하고 추상적인 작품이 된다. 이런 글은 아무 내용이 없다. 아이들은 막연하고 추상적, 관념적인 것을 별로 좋아하지 않는다. 반대로 구체적이고 풍부한 내용, 생동감이 있는 것을 좋아한다. 작품을 쓸 때는 일상에서 접하는 자연, 사물, 인물에 생명력을 불어넣어 살아 있는 듯 형상화해야 한다. 그래야 읽는 이에게 감동을 주고 공감을 끌어낼 수 있다. 머릿속으로 만들어내려 하면 막연한 글이 되고 만다. 지금 여기 눈에 보이듯, 손으로 만져질 듯, 소리가 들릴 듯 생생하게 표현해야 좋은 시가 된다.

오늘도
동쪽 서쪽에서
편두통 앓는 지구의 신음 소리 들려요

지진으로 수백 명 부상자 명단
이상 한파로 전선 얼어 암흑세계
폭설로 교통수단 발길 묶임
이상 난동 한겨울에 벚꽃이……

통증 증세도 늘어나요
아픈 곳도 여기 저기
아파서 골난 지구

위의 글은 지구가 병들었다는 것을 말하려는 목적으로 썼을 것이다. 그러려면 지구가 병든 모습을 구체적으로 보여 주어야 하는데 추상적인 말만 하다 끝나고 말았다. 실감 나는 이야기는 주변의 작고 하찮은 것에서 비롯된다는 것을 알아야 한다. 생활 주변에서 찾아라. 그리고 작은 것에서 시작하라. 그래야 살아 있는 이야기가 된다는 것을 명심하자.

*** 기계적이고 틀에 박힌 작품**

눈에 보이는 풍경을 그대로 옮겨 놓은 시는 좋은 작품이 아니다. 다음 시를 보자.

찰딱팔딱
아스팔트길을 건너던
개구리 한 마리

쏜살같이 달리는
자동차에 놀라
어쩔 줄 모르고 허둥대고 있다

빠앙 소리
난 적이 없다

끼익 소리도

들리지 않았다

어느새 개구리는

개굴 소리도 못 지르고

납작해져 있었다

이 시도 눈에 보이는 대로 쓰고 있지만 기계적으로만 옮겨 놓아서 감동을 느낄 수 없다. 앞에서 소개한 〈학교 가는 길〉과 비교하면 이 시가 얼마나 밋밋한지 알 수 있다. 이 시가 실패작이 된 이유는 죽은 개구리에 대한 화자의 마음이 나타나 있지 않기 때문이다. 자동차에 치여 죽은 개구리를 '사랑의 마음'으로 바라보고 썼더라면 이렇게 무심한 글은 되지 않았을 것이다.

시에서 중요한 것은 대상을 바라보는 마음이다. 사랑하는 마음, 안타까운 마음, 그리운 마음, 즐거운 마음… 시는 이런 눈으로 바라보고 써야 한다. 특히 작고 보잘것없는 것들까지 사랑하는 마음을 지녀야 좋은 시를 쓸 수 있다는 것도 기억하기 바란다.

2장

무엇을 어떻게
쓸 것인가

/

동시, 무엇을 쓸 것인가

이제부터는 무엇을 어떻게 쓸 것인가에 대해 알아보자. 우리는 어떤 것을 보거나 들을 때, 또 어떤 일을 하거나 겪으면서 무언가를 느낀다. '아! 정말 아름답구나', '참 그래!', '정말 불쌍해!'처럼 강한 느낌을 받으면 왜 아름다운지, 왜 불쌍한지 곰곰이 생각해 본다. 생각을 넘어 이것저것 상상을 시작한다. 이렇게 펼친 생각과 상상을 글로 표현하면 한 편의 시가 된다.

야, 반짝! 눈부신 것
살얼음 끼였다야

- 아무도 안 와 봤을까?
손가락으로 가만가만 눌러 보고

– 오리도 세수 안 나온 까닭을

내가 왜 몰라

– 암 내가 맨 처음일 게야

입김 모아 조심조심 뿜어 보고

– 피라미, 붕어 새끼 꽁꽁 숨어서

해 돋길 무척이나 기다리겠다

야, 살얼음 끼였다야

반짝반짝 눈부신 것!

– 〈살얼음〉, 박경용

이 시는 살얼음이 낀 냇가에 가장 먼저 나온 아이의 마음을 썼다. 아침 일찍 냇가에 갔더니 살얼음이 마치 맑은 유리창처럼 끼어 있었다. 이 광경에 '야! 정말 눈부시구나!' 감동하고 '내가 처음일 거야' 자랑스러워 한다. 그리고 '피라미도 붕어 새끼도 해 돋길 기다리겠다'라고 상상해 본다. 시 한 편은 이렇게 쓰인다. 이 과정을 정리하면 다음과 같다.

시적 대상 → 감동과 느낌 → 시를 낳는 생각과 상상 → 시적 표현시 쓰기의 첫 단계는 시적 대상, 즉 시의 소재를 찾는 일이다. 먼저 소재를 찾는 방법부터 알아보자.

1. 일상생활에서 찾기

*** 소재는 가까운 곳에 있다**

동시를 쓰는 사람들이 가장 고심하는 것이 바로 '무엇을 쓸 것인가'이다. 소재는 먼 곳이 아니라 가까운 곳, 바로 생활 속에 있다. 가만히 주변을 둘러보라. 꽃, 나무, 새, 하늘, 잠자리, 개구리, 나비, 책상, 친구, 가족, 학교… 충분하다.

'나'부터 시작하자. 나의 생활, 나의 희망, 나의 감정, 나의 생각, 나의 몸처럼 나에 관한 이야기를 써 본다. 그리고 주변 사람들 속에서도 찾아본다. 어머니, 아버지, 동생, 언니, 할머니, 할아버지, 친구, 이발소 아저씨, 붕어빵 장수 등 가족과 친구와 이웃을 시로 써 보라.

나비, 강아지, 고양이, 소, 토끼, 다람쥐, 잠자리, 개구리, 나팔꽃, 해바라기, 채송화, 민들레, 목련, 강아지풀, 감나무, 소나무, 버드나무 등 동식물도 있다.

그리고 내 손때가 묻어 있는 사물들 역시 좋은 소재가 된다. 책상, 의자, 주전자, 연필, 베개, 침대, 그릇, 신발, 풍선, 우산 등 찾아보면 얼마든지 있다.

아이들의 생활에서도 찾는다. 학교생활, 가정생활, 골목길에서 노는 아이들 등 많은 소재가 숨어 있다. 계절 변화에서 느낀 감정도 좋다. 눈 오는 날, 비 오는 날, 눈사람, 바람, 이슬, 초승달, 별, 아침, 소나기, 달밤 등 사계절과 날씨 변화에 따른 기분도 좋은 소재다. 역사와 현실, 그리고 오늘, 내일, 사랑, 그리움 등 관념적인 것도 시의 대상이 될 수 있다.

근처의 은행나무 한 그루, 붕어빵 장수, 책가방을 메고 달려가는 아이들, 가게 지붕 위의 비둘기들, 시계방의 수많은 시계… 그것들을 바라보면 알지 못할 감동을 받을 때도 있다.

'왜 은행나무는 저렇게 서 있을까?'

'시계방의 시계는 무슨 생각을 하고 있을까?'

'비둘기는 왜 구구구 하고 울까?'

이런 생각이 실마리가 되어 시가 쓰인다. 그 나름의 이유가 있을 것이다. 내 눈길이 닿는 곳, 내 마음이 닿는 것이면 하찮은 지렁이든 딱정벌레든 파리든 무엇이든 소재가 될 수 있다.

*** 지금 여기의 소재를 찾아라**

소재도 시대에 따라서 변한다. 다음은 1920~1930년대의 동시 및 동요의 제목이자 소재다.

> 귀뚜라미 소리, 늙은 잠자리, 빗소리, 꽃밭, 설날, 반달, 고드름, 꼬부랑 할머니, 고향의 봄, 찔레꽃, 이삿길, 나무하러 간 언니, 민들레, 밤중에,

감나무, 산에서 온 새, 산 너머 저쪽, 종달새, 바닷가에서, 동리 의원, 중중 때때중, 호박꽃 초롱, 닭, 잠자리, 주막집, 왜가리, 굴뚝, 버선본, 산울림, 굴렁쇠, 수양버들, 감자꽃……

제목만 보아도 당시의 시대적 정서와 감각을 읽을 수 있다. 그러나 이들 가운데 일부는 현대에 맞지 않는 낡은 것도 있다. 따라서 지금, 여기에 알맞은 소재를 찾아야 한다. 먼 과거의 회고조, 복고조의 소재와 정서에 지나치게 매달리지 말고 요즘 아이들의 발랄함을 살릴 수 있는 소재를 찾아야 한다.

동시에 가장 많은 소재는 '자연'이고 배경은 주로 시골이지만 요즘은 시골도 점차 도시 문화로 바뀌고 있다. 그런데도 아직 우리 동시는 시골과 자연을 벗어나지 못하고 있다. 앞으로는 향토적인 소재에서 벗어나 도시적인 소재로 눈을 돌려야 할 것이다.

2. 자신이 보거나 겪은 일에서 찾기

직접 본 것을 말하라고 하면 누구나 술술 말한다. 길가에서 아이들이 다투는 장면을 보았을 때 그 장면을 말로 하라고 하면 누구나 신바람 나게 말할 것이다. 자신의 눈으로 직접 보았기 때문이다.

본 일도 이럴진대 직접 겪은 일이라면 더욱 실감 나게 이야기할 수 있을 것이다. 동시를 쓰는 사람은 어린 시절에 겪었던 일을 소재로 많이 삼는다. 여기서 유의할 점은 먼 어린 시절 추억이라도 마치 지금 일어난 일처럼 너무 예스럽지 않게 현재화해야 한다는 점이다. 동시를 쓸 때는 '-있었다', '-하였다'처럼 회상하는 형식이 아니라 과거의 일이라도 '-있다', '-한다' 같은 현재형으로 표현하는 방법이 좋다. 그래야 지금 눈앞에서 보듯 생생한 느낌을 준다.

3. 아이들의 세계에서 찾기

*** 아이들의 심리를 알라**

아이들이 어떤 생각을 하고 어떻게 행동하는지 마음을 읽을 줄 알아야 한다. 그들의 심리를 꿰뚫어 보아야 공감되는 시를 쓸 수 있다. 아이들의 마음을 잘 파악한 시를 읽으면 '그래 나도 그랬어.', '아니? 이건 내 이야기잖아.', '우와! 내 마음과 기분을 그대로 썼어.' 하고 공감할 수 있다.

더 크게 더 크게
불어 봐 얘 풍선
난 터져도
겁이 안 나 얘

그렇지만 속으로

쬐끔은 겁이 나

더 크게 더 크게
불어 봐 얘 풍선
난 터져도
겁이 안 나 얘

그렇지만 속으로
쬐끔은 겁이 나

- 〈풍선〉, 이주홍

이 시에서 화자의 진심은 '그렇지만 속으로 쬐끔은 겁이 나' 라는 표현에 드러난다. 아이들의 심리, 행동, 말을 유심히 지켜보면 바로 거기에 소재가 있다.

*** 아이의 마음으로 돌아가 아이의 눈으로 세계를 보라**

아이의 시각은 어른의 시각과 다르다. 아이의 눈으로 바라보면 이 세상 모든 것이 새롭고 경이롭다. 울타리에 핀 해바라기도 마찬가지다. 아이들 눈에 비친 크고 샛노란 해바라기, 그 감동과 놀라움과 신비로움을 동시로 써 보라. 그런 것들이 바로 동시의 좋은 소재가 되는 것이다.

동심으로 보면 아무리 작고 사소한 것이라도 새로운 의미로 다가온다. 골목길에 나뒹구는 돌멩이 하나도 나름의 의미가 있고 나와 관련을 맺고 있다. 신날 때 돌멩이를 힘껏 차면 하늘로 날아가 밝게 빛나는 해가 될 것이다. 슬플 때는 발부리에 닿는 돌멩이가 "야. 괜찮아. 그까짓 거 아무것도 아니야." 하고 위로해 줄 것이다. 이 느낌을 시로 표현하면 된다.

4. 나만의 개성 있는 다양한 소재를 찾는 방법

*** 작은 것에 눈길을 주라**

작아서 눈에 잘 띄지는 않지만 소중한 것들에 주목하자. 작은 먼지를 보고 〈먼지야 안녕!〉이라는 시를 쓴 시인도 있다. 예쁘고 귀여운 것만 찾지 말고 더럽다고 생각했던 것들 속에도 아름다움, 따듯함, 소중함이 있다는 사실을 유념하라. 꿈틀대는 지렁이도 걸레도 먼지떨이도 빗자루도 옷걸이도 모두 훌륭한 소재다.

교실 맨 뒷자리에 앉아 있는 조그만, 보일 듯 말 듯 말없이 앉아 있는 아이… 이 아이에게 숨겨진 이야기가 있을 법하지 않은가. 들길에 걸려 있는 거미줄, 그 거미줄에 오도카니 앉아 생각에 잠긴 것 같은 거미 한 마리… 거미에게도 역시 무슨 이야기가 있을 것 같다. 동시를 쓰는 일은 이 세상에의 작고 신비한 것들을 찾아나서는 신나는 모험 같다. 하수구의 시커먼 시궁쥐 한 마리가 들려주는 이야기에 귀를 기울이고 글로 옮겨 적어 보라.

작은 것에 눈길을 주라는 말은 사물을 통째로 보지 말고 자세히 들여다보라는 뜻이기도 하다. 예컨대 잠자리를 소재로 할 경우 막연히 '잠자리'를 대상으로 하지 말고 '잠자리 날개'라는 부분에 집중해서 써야 한다. 꽃도 그냥 '꽃'이라고 하기보다 분꽃, 해바라기, 민들레, 제비꽃, 씀바귀꽃, 애기똥풀, 붓꽃, 과꽃, 코스모스, 양지꽃, 살구꽃 사과꽃, 벚꽃 등으로 구체화하고 개별화하는 것이 좋다. 꽃의 이름이 저마다 다르듯 느낌도 다르기 때문이다.

시는 보이지 않는 것을 보여 주어야 한다. 무심히 지나치기 쉬운 것, 스쳐 지나가는 것, 작고 사소해서 잘 눈에 띄지 않는 것에 주목하라. 그것들에 따스한 눈길을 주어 시를 써라.

* 남과 다르게 보라

같은 소재라도 시대와 장소와 상황에 따라 느낌이 달라진다. 1920년대 아이들이 본 잠자리와 2000년대 아이들이 본 잠자리는 분명 다르다. 도시에서 듣는 귀뚜라미 소리와 시골에서 달밤에 듣는 귀뚜라미 소리는 다르다. 슬픈 사람이 보는 달과 기쁜 사람이 보는 달은 다르다. 똑같은 소재라도 얼마든지 다르게 받아들일 수 있다. 그런데 문제는 모두 다른데도 남과 똑같이 쓴다는 점이다.

시각이 고정되면 새로운 발견이 어렵다. 화분도 장소를 옮기면 다르게 보인다. 옆에서 볼 때 앞에서 볼 때 또 다르다. 같은 소재도 다른 시각으로 보면 새롭다.

다른 사람들이 하는 대로 쓰면 흉내 내는 글이 된다. 처음 동시를 쓴 사람들의 작품을 보면 타인의 생각을 자신의 생각처럼 쓴 글이 많다. 이것은 모작이다. 습작하는 사람들은 타인의 작품이나 자신이 좋아하는 작가의 글을 그대로 따라 적기도 한다. 습작할 때 가장 많이 사용하는 방법이 '베끼기'이다. 습작 시기에는 괜찮은 방법이다. 그러나 그 다음 단계에서는 개성적, 독창적인 자기만의 방식으로 접근해야 한다.

문학은 개성이다. 같은 체험을 해도 모두 다르다. 자기만의 눈으로 바라보라. 남의 눈으로는 언제나 낡은 소재만 눈에 띈다.

소재가 같아도 걱정할 필요 없다. 자신만의 시각과 해석으로 얼마든지 새로운 작품을 쓸 수 있기 때문이다. 늘 보는 평범한 물건도 '아!' 하고 감동하며 바라볼 때 다른 의미를 발견할 수 있다.

*** 느낌, 느낌을 잡아라**

무언가를 보고 그때 떠오르는 느낌을 딱 붙잡아 시를 쓰면 된다.

> 진달래 개나리보다
>
> 우리 마음에 더 먼저 찾아오는
>
> 봄소식은?

책가방속에 빠닥빠닥한 새 책과 새 공책
뾰족한 연필과 때 안 묻은 지우개지

겨울잠에서 깬 개구리보다
더 반가운 봄소식은?

4학년 3반에서
와글와글 떠드는 우리 반 새 친구들이지

그럼 봄이 가장 좋았을 땐 언제야?

그건, 우리 학교에서 제일 인기 많은 선생님
숙제도 제일 쬐금, 제일로 안 무서운 이나영 선생님이
우리 반 선생님이 되었을 때지

- 〈우리가 봄을 느낄 때〉, 이혜용

이 시는 아이가 언제 봄을 느끼는지 여러 부분에서 잡아내 쓴 작품이다. 아이의 삶을 바탕으로 하였기 때문에 생생한 느낌이 든다. 이처럼 삶과 밀착되어야 동시에 실감을 더할 수 있다.

*** 아이들 일상에서 벗어나라**

우리 동시는 아이와 학교, 가정, 친구 등 일상에 국한되어 있다. '아이'의 시각에서 벗어나 좀 더 스케일이 큰 동시가 나와야 한다. 너무 아이의 시각으로만 보면 소재의 폭이 좁아진다.

일반시를 쓸 때처럼 소재를 찾는 것도 좋다. 아이들의 생활에만 매달리면 늘 똑같은 소재, 똑같은 발상, 똑같은 표현이 되풀이된다. 다양한 독서 또는 콘텐츠를 통해 특별한 소재를 찾아야 한다. 학교, 가정, 동네, 꽃, 나무 등을 넘어 넓은 시야를 가져야 새로운 시를 쓸 수 있다.

*** 유심히 관찰하라**

새로운 소재를 찾으려면 모든 것을 유심히 관찰해야 한다. 주변 사물에 관심을 갖고 자세히 관찰할 때 새로운 소재가 떠오른다. 수박 겉핥기식으로 대충 보면 찾기 어렵다. 대상을 섬세하게 살펴보고 거기서 떠오르는 생각을 붙잡아 점차 상상을 넓히면 좋은 동시가 쓰일 것이다.

> 꼬부랑 할머니가
>
> 한 발 한 발 힘겹게 올라서시면
>
> 내 몸은
>
> 겹겹이 층이 져서 안타까웠어

첫나들이 아가
아장아장 내 등에 꽃신 디딜 때
온몸 간지러워 웃음 지었지
"아이야, 세상은 이렇게
한 계단 한 계단 올라서는 거란다."
누군가 나를 두고 말할 때
나도 누군가의 가르침이 될 수 있다니
하루 종일 등 밟힌 고달픔도 잊었지
하지만 딱 한 번
잊고 싶은 날이 있었어
그 날은 할 수만 있다면
내 온몸을 헐어 버리고 싶었어
아저씨의 담뱃불에
등이 데여서도 아니고
철없는 누나가 뱉은 껌이
내 엉덩이에 달라붙어서도 아니야
휠체어에 탄 소년
나를 한참이나 바라보던 그 눈망울
지금까지 내가 본
가장 슬픈 눈빛 때문이었어

- 〈계단 이야기〉, 고광근

계단의 마음을 선명하게 그린 시이다. 이렇게 우리 주변에 있는 사물의 모습이나 사람들의 삶을 유심히 지켜보고 관찰하면 거기에서 감동을 주는 발상을 할 수 있다.

*** 남의 말을 귀담아 들으라**

다른 사람들의 말을 들어 보면 재미있는 말이 많다. 특히 아이들의 말에 동심이 깃든 표현과 행동을 발견하기 쉽다.

옛날 옛적에-

그래서?

깊고 깊은 산속에-

그래서?

사람만 한 쥐 한 마리가-

정말?

우는 애 배꼽 똑 떼어 먹으려고-

아유, 정말?

심술쟁이 내 동생은

두 손으로 자기 배꼽

꼭 쥐고는

그래서? 그래서? 하고

졸라대지요

- 〈옛날이야기〉, 김육

겁을 잔뜩 먹은 채 무서운 옛날이야기를 듣고 있는 동생의 귀여운 모습을 대화체로 재미있게 표현한 시이다. 아이들의 말과 행동에서도 재미있는 소재를 발견할 수 있다.

*** 세상 모든 것과 가까이 사귀어라**

세상에는 많은 것들이 나와 함께 살고 있다. '나와 함께 살고 있다'라는 말을 곰곰이 생각해 보아야 한다.

나와 함께 살고 있는 것들을 가까이에서부터 찾아 보자. 옷, 신발, 양말, 모자, 가방, 거울, 책상, 의자, 컴퓨터, 밥그릇, 침대… 그리고 잠자리, 개구리, 나비, 지렁이, 강아지, 무당벌레, 풍뎅이, 매미, 메뚜기, 붕어, 강아지, 송아지, 염소, 고양이, 다람쥐, 토끼, 닭, 코끼리, 기린, 원숭이 등 많은 동물과 곤충도 우리와 함께 친구나 가족처럼 살고 있다.

이들을 소재로 특징을 잘 잡아내어 글로 표현하면 멋진 시가 된다.

/

시적인 생각을 어떻게 떠올릴까

한 번쯤 시를 써 본 사람은 알겠지만 실제로 본 것이나 겪은 일도 쓰려고 하면 막상 아이디어가 떠오르지 않아서 끙끙거린 적이 있을 것이다. 시는 무엇을 보거나 겪었을 때 그 일을 골똘히 생각해 보고 상상하는 데에서 시작된다. 이것이 글을 빚는 힘이다. 시적인 생각을 떠올릴 수 있는 좋은 방법을 생각해 보자.

1. 자연과 사물에 생명이 있다고 생각하기

시적인 생각은 만물에 생명이 있다고 생각하는 것이다. '시냇물이 흘러간다'가 아니라 '시냇물이 소풍을 간다'라고 표현하는 것, '다람쥐가 꼬리를 까닥인다'가 아니라 '다람쥐가 꼬리를 흔들며 인사를 한다'라고 표현하는 것이 시적인 생각이다. 이렇게 생각하면 이미 시의 세계에 성큼 들어선 것이다.

'꽃이 피어 있네'와 '꽃이 웃고 있네'는 차이가 크다. '꽃이 피어 있다'는 꽃이 피어 있다는 사실만을 말하고 있다. 거기에 더 이상의 뜻이 없다. 그러나 '꽃이 웃고 있네'에는 풍부함과 깊은 뜻이 들어 있다. 먼저 '꽃이 피어 있다'라는 사실, 꽃이 웃고 있다고 했으니 활짝 피어 있다는 뜻이 담겨 있다. 그리고 꽃을 바라보는 시인의 감수성도 보인다. 꽃이 함빡 웃고 있다고 생각하는 밝고 환한 마음이 드러난다.

생명이 없는 것을 생명이 있는 것처럼 생각하고 사람이 아닌 것을 사람인 것처럼 생각하는 것, 이것이 바로 시적인 생각의 기본이다. 특히 동시를 쓸 때는 이런 관점이 반드시 필요하다. 이런 이유로 의인법, 활유법은 동시에서 가장 많이 쓰이는 수사법이다. 시적인 생각은 사람이 아닌 것을 사람처럼 생각하는 데에서 비롯된다는 것을 잊지 말기 바란다. '모든 것을 사람처럼 생각하라!' 그러면 막혔던 생각이 술술 풀릴 것이다.

2. 사물에 새로운 이름과 뜻 붙이기

시를 쓰려면 지금까지 알고 있던 물건을 다른 시선으로 바라보아야 한다. '의자'는 '걸터앉도록 만든 가구'이다. 그러나 시의 세계에서는 다르다. 의자가 마음이 슬플 때 마음을 달래주는 '단짝 친구'일 수도 있고, 편히 쉬게 해주는 '엄마의 무릎'일 수도 있다. 박목월 시인의 말을 들어 보자.

> 어린 날에 우리는, 또 어린이들은 대문을 대문이라는 물건이라고만 여기지 않는다. 문을 열 때마다 삐걱하고 이상한 소리로 내게 인사를 하는 무엇이며, 비는 하늘에서 내려오는 무엇, 딸기는 딸기밭에서 사는 무엇이라고 여긴다.
>
> '무엇'에 대한 이름은 결코 어른처럼 생활에 소용되는 뜻만을 따져서 쉽사리 붙이지 않는다.
>
> 빗방울이 어느 날에는 천사가 되고, 어느 날에는 장난꾸러기가 되고, 어느 날에는 깜둥이의 아우가 되고, 눈동자가 되고, 혹은 바로 자기 자신이 된다.
>
> 내가 동시를 쓰는 동안에 즐거운 까닭도 여기에 있다. 비에서, 바람에서, 딱지에서, 은전에서, 공에서, 돌에서, 참새에게서, 지금까지 우리가 비, 바람, 딱지… 생각하고 불러온, 그런 것이 아닌 아주 새로운 것을 느끼는 즐거움이 바로 동시를 쓰는 즐거움이다.
>
> -박목월, 《산새알 물새알》 중에서

대문을 대문으로만 보지 않는 것이 출발점이다. 초승달은 '초승에 돋는 눈썹처럼 가는 조각달'이다. 하지만 시에서는 초승달이 '보고 싶은 아이의 웃는 모습'일 수도 있고 '할머니의 굽은 허리'일 수도 있고, '가방끈을 매달아 내 가방으로 만들고 싶은 것'일 수도 있다.

시의 세계에 들어서려면, 특히 동시의 세계에 들어서려면 대상을 바라볼 때 우리가 흔히 사용하는 물건만이 아닌 다른 '무엇'이라고 생각해야 한다.

초승달에
가방끈을
매달아

내 가방 했으면
좋겠어요

짤랑짤랑
별들이 가득한
내 가방

- 〈초승달〉, 이준관

이 시의 초승달은 초승에 돋는 달이 아니라 별이 짤랑짤랑한 가방으로 바뀌었다. 이처럼 사물에 새로운 이름과 의미를 붙이는 것이 시적 생각이다. 여러분도 '냉장고'에 새로운 이름을 붙여 보라. '북극곰'이라고? 그럴듯하다. '에스키모 집'이라고? 동화적이다. 또 다른 이름으로 바꾸어 보라. 생각과 상상의 반경을 넓히면 멋진 아이디어가 얼마든지 떠오를 수 있다.

3. 사랑의 마음으로 바라보기

마음속에 사랑이 없는 사람은 시를 쓸 수 없다. 시를 쓰려면 남의 아픔을 자신의 아픔으로 느끼고 받아들여야 한다. 아무리 멋진 솜씨를 뽐내는 글이라도 시인의 따스함과 사랑이 없다면 다른 사람을 감동시킬 수 없다.

가을날 오후
온 가족이 밭에 모여 고구마를 캔다
아무리 힘주어 뽑으려 해도 안 돼
온 가족이 매달려 땀 흘리며 고구마를 캔다
끙끙, 낑낑 얼마나 클까?
잔뜩 기대하며 뽑았는데
에이 뭐야, 쥐가 다 갉아먹었잖아!
배고픈 쥐 가족 생각하며
갉아먹던 고구마
마저 배불리 먹으라고 다시 묻어 두었다

- 〈고구마 캐는 날〉, 최다은 (전주 기린초등학교 6학년)

쥐 가족을 생각하여 고구마를 다시 묻어 두는 이 마음이 사랑이다. 쥐가 고구마를 갉아먹어서 물론 얄밉기도 할 것이다. 그러나 미운 것에 베푸는 사랑이 더 크며, 미운 대상에게 베푼 사랑이라는 점에서 이 시는 감동을 준다. 이런 마음이 동심의 특징 중 하나다. 사랑의 마음에서 시가 싹튼다는 것을 기억하라.

사랑의 마음으로 바라본다는 것은 남의 입장이 되어 보는 것이다. 뾜뾜뾜 기어가는 개미를 보면 저렇게 쪼그만 것이 제 몸뚱이보다 큰 먹이를 물고 가는 것이 대견하기도 하고 얼마나 힘이 들까 싶기도 할 것이다.

시인은 남의 삼정을 잘 이해하는 사람이다. 누군가 슬퍼하면 그 슬픔을 자신의 슬픔으로 여기고 아파한다. 다른 사람의 마음이 되어 생각하고 느끼는 것이 시 쓰기의 시작이다.

개미의 마음이 되어 보라. 지렁이의 마음이 되어 보라. 가난한 아이의 마음이 되어 보라. 따돌림 당하는 아이의 마음이 되어 보라. 얼마나 할 말이 많겠는가. 그들이 하고 싶은 말을 쓰면 좋은 시가 될 것이다. 이 과정에서 그들을 더 잘 이해하고 사랑하게 될 것이다.

4. 자신이 겪은 일에서 생각하기

눈으로 보기만 하면 구경꾼이나 관찰자에 불과하다. 한발 비켜 서 있는 구경꾼의 글은 독자들에게 울림을 주기 어렵다. 그러나 자기가 직접 한 일은 느낌이 쉽게 잊히지 않는다. 자신이 몸소 해 본 일을 쓰면 생동감 넘치는 시가 된다.

과거의 일도 지금 한 것처럼 '-간다', '-한다'처럼 현재형 어미를 써야 현재 눈앞에 벌어지는 일처럼 생생함이 느껴진다. 다음은 직접 콩타작을 해 본 사람만이 쓸 수 있는 실감 나는 시이다.

콩타작을 하였다
콩들이 마당으로 콩콩 뛰어나와
또르르또르르 굴러간다
콩 잡아라 콩 잡아라
굴러가는 저 콩 잡아라
콩 잡으러 가는데
어, 어, 저 콩 좀 봐라
쥐구멍으로 쏙 들어가네

콩, 너는 죽었다

- 〈콩, 너는 죽었다〉, 김용택

구석구석 닦자
하나 둘 하나 둘

반짝이는 차창에
이마에서 흐르는 땀방울이 보인다

방울방울 맺힌 땀은

아빠의 말 한마디에

씻겨진다

"우리 지효가 다 컸구나."

아빠의 한마디가

날 크게 만든다

- 〈세차〉, 이지효 (서울 면목초등학교 3학년)

시인이 쓴 동시와 어린이가 쓴 시를 소개해 보았다. 직접 체험에서 우러나온 참여자의 글은 관찰자의 입장보다 더 진실한 느낌을 준다.

시는 머릿속 생각과 상상으로만 쓰는 것이 아니다. 무언가 보고 만지고 냄새를 맡고 직접 몸으로 부딪혀 보아야 떠오르는 것이다. 가을과 관련된 시를 쓰려면 직접 들녘으로 나가 벼 이삭을 만져 보고 잠자리를 따라 맴을 돌아 보고 코스모스도 들여다보아야 한다. 그래야 진정으로 살아 있는 '가을의 시'를 쓸 수 있다.

책상 앞에 앉아 머리를 감싸 쥐고 끙끙거려도 시는 쉽게 떠오르지 않을 것이다. 그러나 밖으로 나가 들녘이나 골목길을 걷다가 아기 새를 보면 문득 좋은 생각이 떠오를 수도 있다. 직접 보거나 겪은 일을 바탕으로 한 글이 훨씬 생동감을 준다는 것을 기억하기 바란다.

길을 가다 문득
혼자 놀고 있는 아기 새를 만나면
다가가 그 곁에 가만히 서 보고 싶다
잎들이 다 지고 하늘이 하나
빈 가지 끝에 걸려 떨고 있는
그런 가을날
혼자 놀고 있는 아기 새를 만나면
내 어깨와
아기 새의 그 작은 어깨를 나란히 하고
어디든 걸어 보고 싶다
걸어 보고 싶다

- 〈길을 가다〉, 이준관

이 시는 길을 가다 혼자 놀던 아기 새를 보고 썼다. 잎이 모두 지고 가을 하늘이 빈 가지에 걸려 있는 가을날, 종종거리며 놀고 있는 아기 새를 보고 친구가 되어 걷고 싶은 마음을 노래했다.

시는 무엇을 보거나 들었을 때 스치는 생각과 느낌을 잡아 표현해야 한다. 그러려면 밖으로 나가 아이처럼 호기심이 가득한 시선으로 여기저기 기웃거려 보아야 한다. 그럴 때 메뚜기처럼 팔딱팔딱 살아 숨 쉬는 시를 붙잡을 수 있을 것이다.

5. 동심의 마음으로 돌아가 생각하기

동시는 동심으로 돌아가 마음에 비친 세계를 표현하는 것이다. 동시를 쓰려면 어린이의 마음으로 돌아가야 한다. 예컨대 '빵집 아저씨의 모자'를 보고 '아저씨 모자가 맛있는 빵 같애' 라고 쓰는 것이다. 굳이 어린이를 위한다는 생각을 하지 않아도 동심으로 보고 느낀 것을 쓰면 되는 것이다.

굴뚝이 풀죽어 있다
매미 소리만 꽉 찬
무더운 여름 한낮
- 굴뚝도 더위 먹었나?

굴뚝이 움츠리고 섰다
연기가 목도리처럼
칭칭 감기는 겨울밤
- 굴뚝도 목 시려웠나?

- 〈굴뚝이〉, 한명순

시골의 흔한 굴뚝을 보고 신선한 발상을 했다. 이것이 바로 동심의 생각과 해석이다. 동심으로 들여다보면 사소한 것에서도 재미있는 부분을 얼마든지 찾아낼 수 있다.

6. 동심의 모습을 발견하기

참새를 보고 사람들은 '야, 고것 귀여운데' 라고 생각한다. 참새의 모습에서 아이들의 귀여운 모습을 본 것이다. 동물, 식물, 자연의 풍경에서도 아이들의 사랑스러움을 발견할 수 있다.

미루나무들이
벌판을 달리고 있습니다
맨주먹 불끈 쥐고
머리칼 휘날리며

콩밭도 달립니다
수수밭도 달립니다
미루나무 꼭대기
까치집도 달립니다

- 〈바람 부는 날〉, 김구연

시인은 바람 부는 날에 나뭇잎이 흔들리는 모습이 아이들이 맨 주먹을 쥐고 달리는 것처럼 보인다고 했다. 미루나무나 콩밭, 수수밭은 주먹을 쥐고 달리는 아이들 모습 그대로다. 새와 꽃과 나무에서 아이들과 닮은 점을 찾아 시로 써 보기 바란다.

7. 자연에서 배울 점을 찾기

미국의 시인 로버트 프로스트(Robert Frost)는 "시는 즐거움에서 시작하여 지혜로 끝난다."라고 했다. 시를 통해 교훈을 얻고 삶의 지혜를 배울 수 있다는 말이다.

개미를 보라. 우리는 개미에서 무엇을 배우는가. 부지런함과 끈기, 참을성을 배울 수 있다. 자연은 학교이고 우리는 모두 자연 학교에서 배우는 학생이다. 자연을 마주할 때 겉의 아름다움만 보지 말고 자연이 주는 지혜와 덕성을 배우도록 노력해야 한다. 선인들은 자연에서 삶의 지혜와 이치를 깨달았으며 이를 시로 표현했다.

겨울이 가까워지면서
모든 것이 더 가까워졌다

떨어진 나뭇잎들이
가까이 모여 있고,

하늘이

들판에 가까이 내려와 있다

마을의 불빛들은

내 뺨에 닿을 듯

가까이 깜박거린다

벌레들의 알은 땅 속에서

서로 가까이 붙어 겨울을 보내겠지

겨울이 가까워지면서

모든 것이 더, 더 가까워졌다

- 〈가까이 가까이〉, 이준관

겨울이 되면 모든 것들이 가까이 붙어서 추위를 견뎌낸다. 떨어진 나뭇잎들도, 하늘과 땅도, 벌레들의 알도 가까이 붙어 서로 체온을 나눠 가지며 겨울을 난다. 여기에서 우리는 공생공존의 지혜를 알 수 있다. 여러분도 자연의 이치에서 배울 점을 찾아보라.

8. 창의적인 생각을 떠올리는 다양한 방법

* 자세히 보라

앞서도 여러 차례 말했지만 시를 쓸 때는 자세하게 관찰하는 것이 중요하다. 겉모습만 대충 보면 깊은 생각이 떠오르지 않는다. 구체적으로 관찰해야 생생하고 실감 난다.

나는 교사 시절 글쓰기 지도를 할 때 학생들을 밖으로 데리고 나가 꽃이며 나무며 사람들이 일하는 모습을 자세히 보도록 한 뒤 관찰한 내용과 떠오른 생각, 느낌을 노트에 적도록 했다.

어느 사이에
화장실 창에 사마귀가 와 있다
마른풀의 색에 꺼칠꺼칠한 사마귀
배가 똥똥 불룩하다
알이 많이 가득 차 있는 것이겠지
알을 낳으면 죽어 버릴는지도 몰라
그러면
사마귀 새끼는 어머니를 못 만나겠지, 그지?

드디어 사마귀가 알을 낳았다
알은 비누의 작은 거품같이
궁둥이에서 나왔다

기둥에 사마귀의 배 같은 모양으로

알을 슬었다

그리고 흰색에서 주황색으로 변했다

우리 집 화장실에 찾아온 후 5분간

사마귀는 오직 혼자서

알 낳은 일만을 생각하고 있었던 것일까?

- 〈사마귀〉, 엔도 나리코 (일본 치바초등학교 4학년)

일본 초등학생이 쓴 시이다. 얼마나 섬세하고 세밀하게 관찰했는가? 어린이들이 쓴 시 대부분은 관찰이 부족하고 묘사가 듬성듬성하다. 어른이 쓴 시도 이렇게 자세히 살펴보고 쓴 작품은 드물다.

그러나 거기에서 끝내지 말고 자신의 생각과 느낌을 덧붙여야 한다. '마른풀의 색에 꺼칠꺼칠한 사마귀/ 배가 똥똥 볼록하다'는 관찰한 내용이고, '알이 많이 가득 차 있는 것이겠지/ 알을 낳으면 죽어버릴는지도 몰라/ 그러면/ 사마귀 새끼는 어머니를 못 만나겠지, 그지?'는 관찰에 대한 자신의 감상이다.

*** 나와 비교하여 생각하라**

사물을 볼 때 자신과 비교하여 생각해야 한다. 다음 시는 옛

신라 시대 사람들이 살던 기와집의 웃는 얼굴 기와를 보고 '나는 어떻게 살고 어떻게 해야 하는가'를 생각하며 지은 시이다.

옛 신라 사람들은
웃는 기와로 집을 짓고
웃는 집에서 살았나봅니다

기와 하나가
처마 밑으로 떨어져
얼굴 한쪽이
금 가고 깨졌지만
웃음은 깨지지 않고

나뭇잎 뒤에 숨은
초승달처럼 웃고 있습니다
나도 누군가에게
한 번 웃어주면
천 년을 가는
그런 웃음을 남기고 싶어
웃는 기와 흉내를 내봅니다

- 〈웃는 기와〉, 이봉직

시를 쓸 때는 관찰에서 끝내지 말고 사물의 모습을 자신과 견주어 생각해야 한다. 그러면 사물을 통해 자신이 꿈꾸고 지향하는 모습이나 고쳐야 할 점을 발견하기도 할 것이다.

*** 다양하게 연상하라**

어린이들이 쓴 시는 자신의 생활이나 마음을 표현한다. 생각도 자신의 생활에서 우러나온 것이다. 그래서 너무 기발하거나 매끄러운 아이디어는 오히려 어린이답지 않다. 따라서 동시를 쓸 때는 독창성이 필요하다. 흔한 생각이나 말을 그대로 쓰면 모작으로 오해받기 쉽다.

시인은 상상력이 풍부한 사람이라고 한다. 상상력이 빈곤하면 좋은 시를 쓰기 어렵다. 상상력이 풍부한 사람은 하나를 놓고도 다양하게 연상한다. 시를 쓰려면 한 대상으로 적어도 다섯 가지 이상은 떠올릴 수 있어야 한다.

가려운 등을 긁을 수 있지
손톱에 끼인 때도 파낼 수 있지
발뒤꿈치만 조금 들면
천장에 친 거미줄도 걷어내지
귀찮은 파리를 쫓을 수 있지
피리 부는 흉내도 낼 수 있지

노래하며 손장단을 맞출 수 있지

얏! 얏! 신나는 칼싸움도 할 수 있지

바람에 날리지 않게 시험지를

꾹 눌러둘 수 있지

장롱 밑에 들어간 것도 꺼낼 수 있지

그래 힘들었으니 좀 쉬라고

그냥 놔둘 수도 있지

야아, 이 좋은 생각이 이제야 떠오르다니?

얄밉게 구는 네 등짝을 힘껏

후려칠 수도 있잖아!

그리고 또 뭐가 있더라……

분명히 있을 텐데…… 뭐지?

뭐지…… 뭘까?

- 〈30센티미터 자를 산 까닭〉, 신형건

이처럼 30센티미터 자 하나를 놓고 여러 가지를 연상할 수 있어야 상상력이 풍부한 시인이다.

*** 발상을 전환하고 엉뚱한 생각을 많이 하라**

고정적인 틀을 깨뜨리고 발상을 전환해야 새로운 것들을 발견할 수 있다. 그러려면 항상 다양한 시각에서 보아야 한다. 고정

된 시각으로는 상투적인 생각만 떠오른다. 엉뚱한 생각을 해 보는 것이 좋은 시를 쓰는 바탕이 된다. 아이들의 별난 생각은 가끔 어른을 깜짝 놀라게 한다. 어린이의 마음에서 대상을 엉뚱하게 바라보는 것도 재미있는 시를 쓰는 비결이다.

봄비 오는
하늘은 물뿌리개지

땅 속의
씨앗만큼
꼭 그 수만큼

갖가지
씨앗만큼
꼭 그 크기만큼

뚫린 물구멍
고른 물구멍

- 〈물뿌리개 하늘〉, 김용섭

봄비 오는 하늘을 물뿌리개로 본 것이 기발하다. 이때 엉뚱함은 읽는 이가 고개를 끄덕일 만한 이유가 있어야 한다. 이 시는 봄비 오는 하늘을 씨앗의 수만큼 구멍이 뚫리고(왜냐하면 씨앗 모두에게 뿌려 주어야 하니까) 씨앗 크기만큼 고르게 뚫린(왜냐하면 모든 씨앗들에게 고르게 뿌려 주어야 하니까) 물뿌리개로 표현했다. 수긍할 만한 이유가 없으면 공감하기 어려우며 억지스럽다는 비판을 받는다.

*** 거꾸로 생각해 보라**

창의적인 생각은 다른 사람과 다르게 보는 것이다. 기존의 관념, 가치를 부정하고 새롭게 해석한다는 뜻이다. 익숙한 시각과 사고에서 벗어나 유연하게 생각하라.

가끔은 거꾸로 생각하는 것이 사고의 유연성과 새로운 시선을 위해 필요하다. 그럴 때도 마땅한 이유가 있어야 한다. 그렇지 않으면 작위적인 것이 된다.

꽉 문 빨래
놓치지 않는다
조그만 게
고 조그만 게
덩치 큰
바람을 이긴다

- 〈빨래 집게〉 중, 민현숙

'조그만 게 덩치 큰 바람을 이긴다'는 표현이 '거꾸로 생각하기'이다. 예를 들어 '사람은 책을 만든다'를 '책은 사람을 만든다'처럼 뒤집어 생각해 보라. "아하 그래, 책이 참된 사람을 만들어 주지." 하고 미처 깨닫지 못했던 사실을 알게 될 것이다.

*** 모든 것을 처음처럼 놀라운 눈으로 바라보라**

'히야!' 하고 감탄하거나, '어?' 하고 놀라거나, '아아!' 하고 감동하거나… 감탄, 감동, 놀라움이 시상을 떠오르게 한다. 모든 것을 처음 접하는 것처럼 보면 사물이나 자연에 새삼 감동하게 된다. 새로운 사실을 발견할 수 있고 시적 발상도 술술 풀려 나올 것이다.

운동장에는 햇빛이 하얗게 깔려 있다
아마 오늘 아침 해가 운동장에서 떴나 보다

시계탑 시계 작은 바늘과 큰 바늘이
팔을 벌려
나를 맞아 준다
"이렇게 일찍 웬일이야?"
조금 놀란 표정으로
집 없는 새가 잠자고 갔을까?

교실 앞 꽃밭 꽃잎에
새똥 같은 이슬이 맺혀 있다

어제까지만 해도 쿨룩쿨룩 빨리 돌아가던
풍속계가 오늘은 천천히 돌아간다
감기가 다 나았나 보다

열쇠 꾸러미를 가득 든 수위 아저씨가
"오, 일찍 왔구나."
내 머리를 쓰다듬어 준다

아무도 오지 않은 교실 문을 여니
교실 냄새가 향긋하다

- 〈처음으로 일찍 학교 간 날 아침에〉, 이준관

날마다 가는 학교, 날마다 보는 시계탑… 그러나 학교에 일찍 간 날 아침에는 마냥 새롭게만 보인다. 시를 쓸 때는 학교에 처음 일찍 간 아이의 마음으로 보아야 한다. 늘 보던 것도 처음 같은 시선으로 보면 시의 세상이 활짝 열릴 것이다.

*** 서로 거리가 먼 것들을 하나로 묶어 보라**

발명은 서로 다른 물건을 이어 만들 때 생긴다. 연필과 지우개는 쓰임이 전혀 다르지만 둘을 붙여서 지우개가 달린 연필이 되었다.

시를 쓸 때도 아예 다른 것을 연결시킬 수 있다. 서로 관계없는 사물과 현상에서 관련성을 찾아보라. 이질적인 사물을 결합해 새로움을 만드는 방법이다. 각기 다른 사물에서 닮은 점을 찾아내는 능력이 시인의 기본 자질이다.

우표처럼
얌전한 그 애
그 애는 전학해 왔습니다
앞줄에서
셋째 번 자리에
그 애는
언제나 말이 없습니다

내 옆자리에 앉았으면
친구가 되어줄 텐데
그 애는
언제나 혼자입니다

"너 어디서 왔지?"

살며시 손을 잡아주면

그 애는

부끄러운 듯

귀가 빨개졌습니다

- 〈전학 온 아이〉 중, 박목월

편지봉투에 딱 붙어 있는 우표와 전학 온 아이를 연결시킨 것이 참신하다. 거리가 먼 것들에서 닮은 점을 찾으면 새로움과 함께 시적 긴장도 높일 수 있다.

*** 당연한 사실이나 현상에도 의문을 가져라**

우리는 일상생활에서 보는 것들에 너무 익숙해져 있다. 나팔꽃이 피어 있으면 당연히 피는 것으로 여긴다. 그러나 아이들은 다르다. 나팔꽃이 아침마다 피어나는 것이 신기하다. 그래서 '나팔꽃은 왜 아침에 필까?' 하고 궁금해한다.

나도 어린 시절 세상이 모든 것이 의문투성이였다. 그러나 어른들에게 물어도 아무도 알려주지 않았다. 나팔꽃이 아침에 피는 까닭을 과학적으로 설명하는 것은 과학자가 할 일이다. 시인은 시적으로 해석하고 시적인 의미를 부여해야 한다.

'나팔꽃은 아침밥을 먹기 위해 일찍 일어난다'든지, '나팔꽃은 아침 청소부라서 일찍 일어난다'라고 하는 것처럼 시적으로 해석해야 한다. 그것이 시의 오묘함이요, 즐거움이다. 시인은 모든 것에 왜냐고 물어야 한다. 그리고 그 질문에 맞는 멋진 대답을 시적인 관점으로 찾아야 한다.

*** 어떤 상황에 있다고 상상해 보라**

만약 엘리베이터에 갇혀 있다면 어떻게 될까? 지금 벌을 서고 있다면? 엄마가 아파 누워 계신다면? 우리 집 강아지가 집을 나갔다면? 구체적인 상황을 떠올려 보면 거기에서 상상이 시작된다.

조용하다
빈집 같다

강아지 밥도 챙겨 먹이고
바람이 떨군
빨래도 개켜 놓아두고
내가 할 일이 또 뭐가 있나
엄마가 아플 때
나는 철드는 아이가 된다

- 〈엄마가 아플 때〉, 정두리

엄마가 아팠을 때의 마음을 생생하게 표현했다. 이처럼 아이가 특정한 상황에 놓였다고 상상하면 좋은 아이디어가 떠오를 수도 있다.

*** 생각의 상투성을 깨라**

시는 상투성과의 끊임없는 싸움이다. 상식적으로만 접근하거나 다른 사람들을 따라 하면 안 된다.

엄마와 함께
오래된 스웨터를 푼다
나는 스웨터를 잡고
엄마는 올올이 풀어지는
실을 감으면
커만 가는 실뭉치

우리나라 허리에 감긴
그 오랜 철조망도
이렇게 스웨터같이
풀어버릴 순 없을까?

하나는 모자를 짜고

또 하나는 장갑을 떠서

올 겨울 내게 주겠다고

엄마가 말씀하시는

꼭 소프트볼만 한

실뭉치 두 개

아, 그 신물 나는 철조망도

남김없이 풀어 녹여서

6천만 개의 열쇠를 만들어

하나씩 나눠줄 순 없을까?

- 〈스웨터를 풀면서〉, 조유인

헌 스웨터를 풀어 모자를 짜고 장갑을 뜨듯 휴전선 철조망도 풀어 녹여서 6천만 개의 열쇠를 만들어 나눠줄 순 없느냐는 발상이 당돌하다. 새로운 생각은 이처럼 상투성을 깨는 일이다.

* 동화적 상상력과 환상을 펼쳐라

동화적 상상력과 환상을 펼치면 좋은 발상이 가능하다. 어린이들의 상상력이야말로 창의성의 원천이다.

한낮

해님이 눈을 크게 뜨고
뜨거운 입김 훅-

살짝 바람이 닫는 순간,

오롱조롱 매달려 있던
봉숭아 꽃씨 형제들
톡
토독

나는 장독대
너는 우물가……

누가 더 멀리 뛰나
내기한 거야
지금은 모르지
내년 이맘때
꽃 피면
알지

- 〈꽃씨의 멀리뛰기〉, 한상순

해님이 뜨거운 입김을 훅 불어 준다거나 봉숭아 꽃씨 형제가 멀리 뛰기를 한다는 말은 동화적이고 동심의 상상력이다. 이런 식으로 시적 발상을 떠올릴 수 있다.

/

진실한 감동과 생생한 느낌을 어떻게 살릴 것인가

즐겁고 신나는 일이 생기면 엉덩이에 꼬리가 달린 강아지처럼 골목길을 내달리고 싶을 것이다. 바로 그 기분이 시를 쓰게 만든다.

슬픈 일이 있을 때 그 마음을 시로 써서 달랜다. 무엇을 보고 깊게 감동받으면 문득 시로 써 보고 싶어진다. 자신의 감정과 감동을 시 속에 실감 나게 표현하려면 어떻게 해야 할까?

1. 모든 것을 내 마음처럼 느끼기

다른 사람이 아프면 자신도 그 아픔을 함께 느껴야 좋은 시를 쓸 수 있다. 키우던 강아지가 아파도 자신이 아픈 것처럼 느끼는 것이 시인의 감정이다.

사람들은 내가 기쁘면 새도 기뻐서 노래한다고 생각한다. 아이들은 그런 경향이 더욱 강하다. '감정 이입'이라는 말이 있다. 자신의 감정을 대상 속에 이입시켜 마치 대상이 그렇게 느끼고 생각하는 것처럼 표현하는 방법이다. 내가 외로우면 남도 외롭다고 느끼는 것, 내가 기쁘면 남도 기쁘다고 느끼는 것이다.

즐거운 날 밤에는
한 개도 없더니
한 개도 없더니

마음 슬픈 밤에는
하늘 가득
별이다

수만 개일까
수십만 갤까
울고 싶은 밤에
가슴에도
별이다

온 세상이
별이다

-〈별〉, 공재동

이 시인은 슬플 때는 별들도 나처럼 눈물을 글썽인다고 생각했다. 그래서 세상은 온통 눈물을 그렁그렁 매단 별들로 가득하다고 표현했다. 여러분도 슬픈 날이면 마치 별이 눈물을 흘리는 느낌을 받은 적이 있을 것이다. 모든 것을 내 감정처럼 함께 기뻐하고 슬퍼하고 아파하고 안타까워해야 생생한 시를 쓸 수 있다.

2. 연민으로 보고 느끼기

연민이란 남을 가엾고 애처롭게 여기는 마음이다. 세상엔 약하고 힘없고 불쌍한 존재가 많다. 시인은 그들의 아픔을 달래 주고 감싸 주어야 한다. 특히 동시나 동화에는 약하고 힘없는 존재를 향한 따뜻한 사랑의 눈길이 드러난다.

금붕어 두 마리가 죽었다
종이에 싸서 흙 속에 묻는다

달아,
나중에 누나가 더 예쁜 금붕어 사줄게

싫어! 내 어항은 다른 물고기는 싫대
붕붕이랑 방방은 땅 속이 싫을 거야
땅 속은 너무 깜깜해

달아,

붕붕이랑 방방은 괜찮을 거야

봐! 이렇게 예쁜 종이에 싸서 흙 속에 심는 걸

그래 여기야, 저번 날은 봉숭아 꽃씨도 심었잖아

누나도 달이도 더 이상 말하지 않는다

(붕붕이랑 방방, 예쁘게 태어나게 해주세요)

파아란 하늘이 살풋 어항 속으로 들어간다

- 〈금붕어 꽃씨〉, 방규연

깜깜한 땅속에서 죽은 금붕어가 어떻게 지낼까 하는 걱정, 이 마음을 헤아려 금붕어를 종이에 싸 봉숭아 꽃씨처럼 심어 준다는 누나의 마음이 곱다. 비록 작은 금붕어일지라도 애처롭게 여기는 마음을 가져야 감동적인 시를 쓸 수 있다.

3. 마음에 와닿는 감동을 붙잡기

마음에 와닿지 않는 것을 쓰면 빈껍데기일 뿐이다. 가슴 찡한 감동을 붙잡아 써야 한다. 그러나 감동은 머릿속에서 꾸미거나 만들 수 있는 것이 아니다. 실제로 보고 느끼고 겪었을 때 더욱 생생한 것이 된다.

또 한 명 전학 간다

아빠가
서울 공장에 취직했단다
두 손으로 얼굴 가리고 우는 은경이

이삿짐 차를 따라가며 손 흔들다가
서로 붙들고 우는
수이 양아 은혜

얼굴 돌리고
눈물 닦는
영호 세린이 종율이

남은 우리들끼리
눈물 젖은 얼굴 마주 대하다가
문득 한없이 쓸쓸해진다

다음엔 누가 가나
텅 빈 교실

- 〈전학〉, 전병호

이 시는 시인이 산골 벽지 학교에서 근무하면서 겪은 것을 바탕으로 쓴 작품이다. 기교를 부리지 않고 있는 그대로 소박하고 진솔하게 썼다. 이 시가 우리의 마음을 흔드는 것은 직접 느낀 심정을 표현했기 때문이다. 마음속의 진짜 감정을 써야 읽는 이에게도 감동을 준다.

/

동시, 어떤 말을 골라 쓸까

혼자 중얼거리든 남에게 건네든 시는 말을 하는 것이다. 시에 쓰이는 특별한 말이 따로 있는 것이 아니라 누군가에게 말을 걸 때처럼 일상어를 쓰면 된다. 그러나 시어는 일상어와 아주 똑같지는 않다. '파란 하늘'로도 뜻이 통하지만 시에서는 '파아란 하늘'이라고도 쓴다. '파란'을 '파아란'이라고 하면 느낌, 뜻, 리듬이 달라진다. '파아란'은 '파란'보다 리듬이 더 살아나며 하늘이 아주 파랗다는 의미도 함께 나타난다.

이와 같이 시에 쓰이는 말은 일상어와 다르게 다양한 뜻과 리듬, 느낌을 담고 있으므로 단어 하나하나에도 신중해야 한다. 어떤 말을 고르느냐에 따라 시의 분위기가 달라지기 때문이다.

1. 말이 새로워야 시가 새로워진다

동심이 아름답다고 해서 시를 쓸 때 예쁘게 꾸미려고만 해서는 안 된다는 것은 앞에서도 여러 차례 강조했다. 동심은 그저 '해맑다'는 편견을 가질수록 동시는 치장되기 마련이다. 동심이 아름다운 이유는 것은 미화하지 않고 진실하게 세상을 보기 때문이다.

생각해 보라. 겉치레로 하는 의례적인 인사에 감동받은 적이 있는가? 매끄럽고 구색 좋은 말에 감동받은 적이 있는가? 겉치레, 가식적인 말을 쓰지 말자. 동시에는 '삐약삐약 병아리', '팔랑팔랑 나뭇잎', '나비가 나풀나풀' 같은 표현이 흔하다. 모두 누군가가 이미 했던 말, 남의 흉내일 뿐이다.

아이들을 위한 노래를 지어 부르는 백창우 시인은 다음과 같이 말했다. 동시를 쓰는 사람이라면 귀담아 들어야 할 것이다. 그는 저서 《노래야 너도 잠을 깨렴》에서 "어른의 잣대로 만든 것 말고, 아이들 삶과 마음이 고스란히 살아 있는 진짜 노래를 만들겠다."라고 했다. "개구리가 '끼꿀끼꿀' 울고 강아지가 '출렁출렁' 뛰어가고 봄이 '버떡' 오는 아이들 말이 생생하게 살아 있는 노래, 우리말의 맛과 리듬이 살아 있는 노래"라고 했다. "뻔하디 뻔한 동요, 고인 물처럼 한 군데에만 머물러 있는 동요, 아이들의 삶도 마음도 생각도 느낄 수 없는 있으나 마나한 동요는 이제 그만하자."

동시도 마찬가지다. 판박이 동시, 다른 사람의 시에서 이리저리 짜깁기해 만든 동시… 그렇게 쓴 시에서 개구리 소리는 전부 '개굴개굴'로 표현된다. 동시에 쓰이는 말은 새로워야 한다. 말이 새로우면 생각도 새롭다. 똑같은 말은 생각과 느낌도 똑같다는 뜻이다. 우리말의 맛과 리듬이 살아 있는, 그리고 진심이 느껴지는 말을 찾아 써야 한다. 진정한 감정을 바탕으로 알맹이가 있는 말을 쓰면 된다.

2. 말을 살아서 소리 나게 하고 움직이게 하라

의성어, 의태어는 동시에서 가장 많이 쓰이는 말이다. 그러나 동시는 물론이고 어린이들이 쓰는 시에도 상투적인 의성어, 의태어가 나타난다. '매미' 하면 으레 '맴맴맴'이요, '강아지'는 '멍멍멍'이다.

흔히 물소리는 '졸졸졸'이라고 하는데 이는 물소리를 제대로 표현한 것이 아니다. 잘 들어 보면 냇물이 흐르는 소리도 여러 가지다. 구르듯 흐르는 '돌돌돌', 구구단을 외우듯이 흐르는 '구구구', 노래처럼 흐르는 '솔솔솔', 웃으며 흐르는 '깔깔깔', 촐랑거리듯 흐르는 '촐촐촐', 콧노래 부르듯 흐르는 '낭낭낭' 등 기분에 따라 얼마든지 다르게 들릴 수 있다. 자신의 마음에서 우러나는 소리를 소중히 여겨야 한다. 이런 소리가 살아 숨 쉬는 소리다. 의성어와 마찬가지로 의태어도 자신이 느낀 말을 써야 한다.

깰깰꼴꼴

개구리

울보 개구리

- 〈개구리〉 중, 김상옥

이 시에서 살아 있는 말은 울보 개구리를 표현한 '깰깰꼴꼴'이다. 흔한 의성어와 의태어 대신 말과 소리가 살아 있어야 시가 살아난다.

3. 생활시는 생활 속에서 쓰는 일상어를 써라

우리가 늘 쓰는 생활어는 생생한 감각을 담고 있다. 생활의 흔적이 묻은 말을 써야 정감 있고 살아 있는 시가 된다. 특히 생활시는 일상생활의 언어를 쓰는 것이 좋다.

여기 여기

이 자리

미루나무 아래서

내가 성환이 좋아하는 거

편지 몰래 끼워 둔 거

절대 말하지 않기로

약속해놓고

퉤! 퉤! 퉤!

침 뱉고 도장까지 콱 찍었으면서

나쁜 기집애!

- 〈미루나무 너도 들었지〉, 박혜선

생활을 그린 시들은 입말을 써야 내용과 어울린다. '나쁜 기집애!'는 순화된 말은 아니지만 아이들이 일상에서 쓰는 말이라 오히려 고운 말보다 정감이 간다.

백석 시인은 평안도 사투리를 맛깔스럽게 썼다. 김영랑, 서정주 시인은 전라도 사투리를 구수하게 썼고, 박목월 시인은 투박한 경상도 사투리를 써서 《경상도 가랑잎》이라는 시집을 펴냈다. 요즘엔 사투리를 잘 구사한 동화도 많이 발표된다. 사투리를 쓰면 사실적인 동시에 정겹고 향토적인 느낌을 살릴 수 있다. 어린이들이 쓴 시에도 사투리를 그대로 사용한 시가 많다.

송아지가 아프면 온 식구가 다 힘없제

외양간 등불도 밤내 잠 못 이루제

토끼라도 병나면 온 식구가 다 앓제

순덕이 큰 눈도 토끼 눈처럼 빨개지제

- 〈송아지가 아프면〉, 손동연

'없제', '빨개지제'에서처럼 '-제'는 전라도에서 들을 수 있다. 다정함이 느껴지는 말투가 시의 내용과 분위기에 잘 어울린다.

사람 그림자 얼씬 않는
오월의 하얀 골목길을
금붕어 장수가 지나갑니다
- 붕어 사령
- 붕어 사령

- 〈금붕어 장수〉 중, 박목월

이 시를 실감 나게 하는 것은 금붕어 장수가 외치는 '붕어 사령'처럼 약간 콧소리가 섞인 독특한 입말이다. 생활 속의 입말을 그대로 쓰면 생생한 느낌을 준다.

4. 아름다운 우리말을 살려 써라

지금 생각하면 나는 시를 공부할 때 아주 무모한 시도를 했다. 백과사전이나 다름없는 엄청난 분량의 국어사전을 처음부터 끝까지 몇 번이고 읽기로 한 것이다. 그렇게 마음먹은 까닭은 시나 산문을 쓸 때 어휘가 부족해서 내 생각과 느낌을 제대로 표현하기 어려웠기 때문이다.

좋은 글을 쓰려면 어휘를 풍부하게 알고 있어야 한다. 특히 시인은 우리말 지킴이가 되어 좋은 단어를 많이 알고 있어야 한다. 우리말에는 우리 사람살이의 숨결이 배어 있다. '곰살궂다(성질이 부드럽고 다정하다)', '듬쑥하다(사람의 됨됨이가 가볍지 않고 속이 깊고 차 있다)', '미쁘다(믿음성이 있다)', '소담하다(음식이 넉넉하여 먹음직하다)', '여우비(볕이 나 있는데 잠깐 오다가 그치는 비)', '웃날 들다(날이 개다)', '해거름(해가 거의 넘어갈 무렵)', '나비잠(갓난아기가 두 팔을 머리 위로 벌리고 자는 잠)' 등 맛깔스러운 말이 많다. 우리말을 잘 살려 쓰는 것은 시인이 해야 할 몫이다.

눈이
새하얗게 와서
눈이
새물새물하오

- 〈눈〉, 윤동주

윤동주의 시가 아니었더라면 나는 '새물새물'이라는 우리말을 모를 뻔했다. 사전을 찾아보니 '입술을 샐그러뜨리며 소리 없이 자꾸 웃는 모양'이라고 설명되어 있다. '눈이/ 새물새물하오'는 '눈이 자꾸 웃는다'는 뜻이다. 살갑고 귀엽고 사랑스럽다.

시는 짧은 문장 속에 깊고 넓은 뜻을 담아야 한다. 특히 시인의 정서를 담은 서정시는 짧고 아름다워야 한다. 짧기 때문에 단 한마디라도 가려 쓰고 갈고 다듬어야 한다. 어느 시인은 그 한마디를 찾기 위해 밤을 꼬박 새웠다고 한다. 그런데 요즘 동시들을 보면 알맞은 말을 찾아 갈고 다듬는 정성이 약해 보인다. 말 하나가 밉게 놓이면 시도 미워진다. 말 한마디 제대로 놓이면 그 시는 살아서 꿈틀거린다는 것을 잊지 말아야 한다.

5. 남에게 말을 걸어 보라

시에는 자기 혼자 하는 말이 있고 다른 사람에게 하는 말이 있다. 그리울 때면 그립다고, 기쁘면 기쁘다고 혼잣말을 한다. 혼자 기뻐서 슬퍼서 혹은 감동해서 말을 하는 경우도 있지만 다른 사람에게 하고 싶은 말을 할 때도 있다.

아이들도 동물이나 사물에 자신의 이야기를 털어놓고 싶을 때가 있을 수 있다.

> 말아, 다락 같은 말아
> 너는 점잔도 하다마는
> 너는 왜 그리 슬퍼 뵈니?
> 말아 사람편인 말아
> 검정 콩 푸렁 콩을 주마

이 말은 누가 난 줄도 모르고

밤이면 먼 데 달을 보며 잔다

- 〈말〉, 정지용

이 시인은 말(馬)에게 말을 건네고 있다. 동물 혹은 다른 사람에게 하고 싶은 말도 한 편의 시가 될 수 있다.

/

참신한 비유를
어떻게 찾을 것인가

우리는 시를 읽고 "멋진 표현이야!"라고 감탄한다. 시에는 시만의 독특한 표현법이 있다. 그 표현법이 무엇인지 알아야 시를 제대로 쓸 수 있다. 시적 표현의 핵심은 바로 '비유'다. 생생한 비유가 바로 시의 생명이요, 핵심이다.

쉬운 예를 하나 들어 보자. '해가 뜨는 것'을 시에서는 어떻게 표현할까? '해가 얼굴을 내민다', '해가 눈을 뜬다', '해가 창문을 연다'처럼 사람에 빗댈 수 있다. 또한 시에서는 '나는 너를 좋아한다'라고 직접적으로 말하지 않고 '종달새처럼 말하는 네 입이 예뻐'라고 종달새를 넣어 에둘러 표현하기도 한다. 비유는 시의 뿌리이다. 시에서 가장 중요한 비유에 대해 알아보자.

1. 사람에 빗대어 표현하라

동시나 어린이시에서 가장 많이 쓰이는 수사법은 의인법과 활유법이다. 아이들의 특성 중 하나는 만물에 생명이 있다고 믿는 것이다. 시인도 마찬가지다. 별을 보면 "저 별은 아기의 눈 같아." 라고 사람에 빗댄다. 의인법은 사람이 아닌 것을 사람처럼 표현하는 수사법으로 시를 쓸 때 가장 많이 쓰인다. 비유의 핵심이다.

넘어가는 해

잠깐 붙잡고

노을이

아랫마을을

내려다본다

새들

둥우리에 들었는지,

들짐승

제 집에 돌아갔는지,

잠자리

쉴 곳을 찾았는지,

산밭에서 수수가

머리를 끄덕여 줄 때까지

노을은

산마을에 머무르고 있다

- 〈노을〉, 황베드로

이 시는 노을을 의인화했다. 시의 세계에서는 동물처럼 살아 움직이는 것뿐만 아니라 돌이나 나무, 꽃도 사람처럼 생각한다. 심지어 봄, 여름과 같은 추상적인 개념도 생명이 있는 것으로 표현한다. 의인법은 사람이 아닌 것을 사람인 것처럼 나타내는 것이고, 활유법은 생명이 없는 사물을 살아 있는 것처럼 나타내는 표현법이다. 예컨대 '나를 에워싸는 산', '울음 우는 바다'는 활유법이다. 산이나 바다에는 원래 생명이 없기 때문이다(대체로 활유법도 의인법에 포함시킨다).

시를 쓸 때 가장 먼저 해야 할 일은 모든 것을 사람처럼 생각하고 사람에 빗대어 표현하는 것이다. 앞에서 '해가 얼굴을 내민다'처럼 사람에 빗대는 것, 이것이 시적 생각과 표현의 첫걸음임을 잊지 말라.

2. 서로 닮은 점을 찾아라

직유법은 표현하려는 대상을 '–처럼', '–같이', '–인 듯'으로 나타내는 것이다.

화난 엄마처럼
새초롬한 겨울

그래도 가끔씩

따뜻한 날이 있다,

활짝 웃는 엄마 같은

엄마가 웃는 날은

숨을 크게 내쉬는

우리 식구들처럼

하늘은 기지개를 켜고

나무들도 허리를 편다

시냇물도 이때다

졸졸졸 달려본다

아무리 추운 겨울이라도

가끔씩 따뜻한 날이 있어

땅속, 씨앗들

몸을 뒤척인다

- 〈겨울, 따뜻한 날〉, 이혜영

겨울을 엄마에 비유하여 재미있게 표현했다. 이 시에는 '화난 엄마처럼', '활짝 웃는 엄마 같은', '우리 식구들처럼'이라는 직유법이 쓰였다.

한편 은유법은 사물의 상태나 움직임을 간접적으로 나타내는 방법이다.

눈 위에
손자국을 찍으면

눈이
하얗게 웃어요

내
손자국은
눈의
보조개

하얗게
웃는
눈의
보조개

- 〈눈〉, 이준관

'내 손자국은 눈의 보조개' 같이 은유는 '–처럼'이나 '–같이'의 연결 없이 비유한다. 더불어 은유법에는 '–은 –이다' 외에 '–의'로 연결하는 방법도 있다. '아이의 눈은 샛별 같다'를 '샛별의 눈'처럼 쓸 수 있다.

이밖에도 제유법과 환유법이 있다. 제유법은 부분으로 전체를 나타내는 표현 방법으로 예를 들어 '빵'으로 '식량' 전체를 나타내는 방식이다. 환유법은 대상과 관련되는 다른 사물이나 속성을 들어 나타내는 수사법으로 '빈 수레'로 '모자란 사람'을 나타낸다.

이번에는 참신한 비유를 찾는 방법을 생각해 보자. 무언가를 보고 모양이나 모습이 다른 무엇과 비슷한지 떠올려 보는 것이 제일 먼저 할 일이다.

> 털모자의 방울처럼 생긴 참새들이
> 깃털을 오므리고
> 옹기종기 모여 있어요

이 글은 필자의 시 〈겨울 담벼락〉의 일부이다. 참새를 털모자의 방울에 비유했다. 참새와 비슷한 것을 생각하다가 '조그맣다', '귀엽다', '달랑달랑 잘 움직인다'는 공통점을 가진 털모자의 방울이 떠올랐다.

저 별은

하늘 아이들이

사는 집의

쬐그만

초인종

문득

가만히

누르고 싶었다

역시 필자가 쓴 시 〈별 하나〉의 일부다. 깊은 밤 혼자 뜰에 나와 별을 보고 있다가 별이 초인종 같다는 생각이 반짝! 떠올랐다. 나는 외로웠고 친구가 간절히 그리웠다. 그 마음이 별을 하늘 아이들이 사는 집의 초인종으로 보이게, 누르고 싶은 마음이 들게 했다. 말하자면 간절한 그리움이 별과 초인종을 연결시킨 것이다. 간절함을 느껴 보라. 누군가 그리운 마음, 견디기 어렵도록 슬픈 마음, 애타는 마음이 비유를 찾아 시를 쓰게 한다.

아이들이 해바라기 씨처럼

옹기종기 붙어 있어요

필자가 쓴 동시 〈겨울 담벼락〉의 일부다. 내가 살던 골목길에는 낡고 허름한 집이 한 채 있었다. 겨울이면 담벼락에 아이들이 옹기종기 모여 해바라기 놀이를 하곤 했다. 그 모습이 흡사 해바라기에 빼곡히 박힌 씨 같다는 생각이 들어 '아이들이 해바라기 씨처럼 옹기종기 붙어 있어요'라고 썼다.

참신한 비유는 가까운 곳에서 찾고, 그에 맞는 이유를 찾아야 한다. 다른 직유법의 예를 들어 보자.

- 참새는 털모자의 방울 같다. 왜? 아이들 털모자 방울처럼 조그맣고 귀엽고 달랑달랑 잘 움직이니까.
- 엄마 까치 날개는 우산과 같다. 왜? 비가 올 때 아기 까치를 가려 주니까.
- 귀뚜라미는 자전거를 타고 노는 아이 같다. 왜? 따르릉따르릉 자전거 타는 소리처럼 울어대니까.

다음은 은유법의 예이다.

- 들길의 민들레는 나비의 디딤돌이다. 왜? 나비가 앉았다 가니까.
- 자그만 연못은 누나의 손거울이다. 왜? 내 얼굴을 다정하고 조그맣게 비춰주니까.
- 꽃들의 뿌리는 자그만 펌프다. 왜? 물을 퍼 올리니까.

이와 같이 '무엇은 무엇 같다', '무엇은 무엇이다', '무엇은 무엇이 된다'처럼 적절한 비유와 이유를 찾아보라. 이 연습을 되풀이하면 비유 실력이 부쩍 늘 것이다.

3. 잘 아는 사실에 빗대어 표현하라

집 크기를 말할 때 '우리 집은 작다'라고 말하면 듣는 사람은 어느 정도 작은지 뚜렷하지 않다. 이럴 때 듣는 사람도 잘 아는 채송화에 비유하여 '내가 사는 집은 채송화처럼 작다'라고 하면 '아! 정말 작구나' 하고 고개를 끄덕일 것이다.

이처럼 비유는 나도 알고 다른 사람도 아는 사실에 빗대어 표현하는 것이다. 모르거나 모호한 것을 구체적인 것으로 바꾸어 말함으로써 생생하게 와닿게 해 주는 방법이다.

눈밭에서 아이들이
햇살을 당긴다

언 손을 모아
소리를 모아

모두 모두 매달려
발을 구르면

겨울 해가 풍선처럼

끌려온단다

- 〈햇살〉, 이상현

이 시가 재미있는 것은 햇살을 줄에, 겨울 해를 풍선에 비유했기 때문이다. 아이들이 손을 모으고 소리를 모아서 당기면 무거운 겨울 해도 풍선처럼 가볍게 끌려온다는 표현이 참신하다. 겨울 해를 풍선에 비유하여 눈에 보이듯 뚜렷하게 바꾸었다. 비유는 추상적이고 잘 모르는 것(원관념)을 잘 알고 구체적인 것(보조 관념)으로 바꾸는 작업이다. 여러분도 막연하거나 추상적인 것을 익숙한 것으로 바꾸어 보라.

내가 처음 다닌 학교는

칠판도 없고

숙제도 없고

벌도 없는

조그만 학교였다

비바람이 불고

눈보라가 쳐도

걱정이 없는

늘 포근한 학교였다

나는
내가 살아가면서
마음 깊이 새겨두어야 할
귀한 것들을
이 조그만 학교에서 배웠다

무릎 학교
내가 처음 다닌 학교는
어머니의 무릎
오직 사랑만이 있는
무릎 학교였다

- 〈무릎 학교〉, 한청호

어머니의 무릎을 사랑이 넘치는 학교에 비유했다. 오직 사랑만 있는 어머니의 무릎. 이 시가 빛나는 이유는 어머니 무릎을 '학교'로 바꿨기 때문이다.

시를 쓰려는 사람은 시적 대상을 잘 아는 것으로 바꿔 보는 연습이 필요하다.

다음 시를 보자.

시작종이 울리면

교실 창밖 해바라기도

두툼한 책 같아요. 금빛 표지로 된

- 〈시작종에서 끝종까지〉 중, 이준관

이 시는 해바라기를 금빛 표지로 된 두툼한 책으로 바꾸었다. 해바라기와 책은 전혀 관련이 없지만 이들을 하나로 묶어 비유하면 읽는 사람을 바짝 긴장시키고 놀라게 하는 효과가 있다.

4. 시가 단조로울 때는 강조하고 변화를 주어라

시에도 강조와 변화가 필요하다. 문장을 강조하는 수사법은 과장법, 대구법, 반복법 등이 있다. 과장법은 크게 부풀리거나 작게 줄여서 강조하는 수사법인데 시에는 많든 적든 얼마쯤은 과장법이 쓰인다. 시인은 눈만 내려도 세상이 온통 바뀐 것처럼 호들갑을 떨거나 강아지만 아파도 자신이 아픈 것처럼 느낀다. 이처럼 과장이 시를 재미있게 만든다.

와아, 참말이다

뛰고 있어요

벌룩벌룩

벌룩벌룩 하고

뛰고 있어요

이것이 맥인가?

여기가 피가 흐르는 곳인가?

이것이 살아 있는 증거인가?

나

처음으로 알았어요

쿵 쿵 쿵

손 가죽을 뚫고

피가 튀어나올 것 같아요

이렇게 하고 있으니까

몸뚱이가 저절로 흔들려요

- 〈맥〉, 다카노 히토노리 (일본 돗토리초등학교 3학년)

'손 가죽을 뚫고/ 피가 튀어나올 것 같아요'나 '몸뚱이가 저절로 흔들려요'는 과장된 표현이다. 그러나 실제로 맥이 뛰는 것을 처음 확인했다면 어린 마음에 그럴 수도 있을 것 같다. 실제 체험을 바탕으로 한 것이라 지나치게 부풀렸다는 느낌이 들지 않는다. 생각과 느낌을 더욱 실감 나게 만들기 위해 과장법을 쓰지만 사실을 바탕으로 하지 않으면 그저 어색한 말장난이 되고 만다.

형이랑 홀랑 벗고
물속에서 비 맞기 놀이

비누 거품이 보글보글
파마머리 되었네

미끄러운 몸 간질이며
서로 하하 호호

나와서 거울 보니
하얀 얼굴 누구야?

- 〈샤워 놀이〉, 채희찬 (호성초등학교 2학년)

'비누 거품 보글보글 파마머리 되었네'는 과장된 표현이지만 고개가 끄덕여진다. 직접 체험을 바탕으로 했기 때문이다. 그러나 '나와서 거울 보니/ 하얀 얼굴 누구야?'는 너무 지나쳐서 억지스러운 느낌이 든다. 체험에 바탕을 두지 않으면 작위적이고 진실성이 떨어진다.

대구법은 동요에서 많이 쓰인다. 짜임이 같은 두 문장 또는 구절을 '대구(對句)'라고 하며, 같거나 비슷한 어구를 짝짓는 방법을 대구법이라고 한다.

밤마다 밤마다

잠도 못 잤는데

어쩌면 포동포동

살이 쪘을까

날마다 날마다

햇볕도 못 쬈는데

어쩌면 토실토실

여물었을까

- 〈보름달〉, 이종문

이 동시는 글의 짜임(구조)은 같은데 단어만 바꾸어 놓았다. 옛날 한시(漢詩)에는 반드시 대구법을 썼다. 동요에도 대구법이 잘 나타난다. 대구법은 음악성을 살릴 때 사용하는 것이 좋다. 이밖에 비슷한 어구, 내용에 관련이 있는 어구를 열거하여 표현 효과를 거두는 열거법, 같거나 비슷한 어구를 되풀이하여 의미를 강조하는 반복법이 있다.

시가 단조로우면 변화를 주어야 한다. 이런 표현법에는 도치법, 설의법, 문답법 등이 있다. 도치법은 말의 차례를 바꾸어서 변화를 주는 수사법으로 시에 자주 쓰인다.

할머니가 보내셨구나
이 많은 감자를
아, 참 알이 굵기도 하구나

올해 같은 가뭄에
어쩌면 이런 감자가 됐을까?
할머니는 무슨 재주일까?

화롯불에 감자를 구우면
할머니 냄새가 나는 것 같다
이 저녁 할머니는 무엇을 하고 계실까?
머리털이 허이연
우리 할머니

할머니가 보내 주신 감자는
구워도 먹고 쪄도 먹고
간장에 졸여
두고두고 밥반찬으로 하기로 했다

- 〈감자〉, 장만영

'할머니가 보내셨구나/ 이 많은 감자를'처럼 말의 차례를 바꾸어(도치) 변화를 주면서, 한편으로 할머니가 보내셨다는 사실을 강조했다. 누구나 아는 사실을 의문문으로 써서 변화를 주는 표현법을 설의법이라고 한다.

이 시에서도 '할머니는 무슨 재주일까?'하고 일부러 의문문으로 써 가물에도 알이 굵은 감자를 키워낸 할머니의 솜씨를 강조했다. '할머니는 참 재주도 용하시다'보다 '할머니는 무슨 재주일까?' 같은 설의법이 할머니의 솜씨를 더욱 돋보이게 하는 효과를 거둔다. 동시를 쓸 때는 이처럼 도치법과 설의법을 적절히 활용할 줄 알아야 한다.

> 얘들아 어디 있니? 어디 있니?
> 어서 나와
>
> 이렇게 우리들이 부르면
> 우리 또래의 애들에겐
> 다아 통하지
> 어느 골목에 가든
>
> - 〈다아 통하지〉 중, 이준관

가령 이 구절을 다음처럼 표현했다고 하자.

골목에 사는 얘들아

어서 나와

이렇게 우리들이 부르면

우리 또래의 애들에겐

어느 골목에 가든

다아 통하지

둘 중 어느 쪽이 더 생동감 있고 강조할 부분이 드러나는지 비교해 보라. 도치법과 설의법을 사용하면 변화, 강조 효과를 거둘 수 있을 뿐만 아니라 어조의 단조로움에서도 벗어날 수 있다.

한편 문답법은 묻고 대답하는 형식으로 변화를 주는 수사법이다.

빠알간 아기 잠자리 한 마리가

가아는 나뭇가지 끝에 날아와서

- 조금 앉았다 가랍니까?

- 안 돼!

- 조금만 앉았다 갈게요

- 안 돼!

- 조금만…

- 글쎄 안 된다는데그래!

앉으려다가는 못 앉고

또 앉으려다가는 못 앉고

그러다 그러다 잠자리는

다른 데로 날아가 버렸습니다

- 〈잠자리〉, 강소천

이 시는 나뭇가지에 앉으려다가 못 앉고 또 앉으려다가 못 앉고 다른 데로 날아가 버린 잠자리의 모습을 문답법으로 나타냈다. 단순한 내용을 묻고 대답하는 형식으로 리듬감 있는 시가 되었다. 문답법은 재미를 주고 시를 생동감 있게 한다.

이미지를 어떻게 생생하게 그려낼 것인가

좋은 시를 읽으면 심상이 그림처럼 뚜렷이 떠오른다. 그뿐 아니라 빛깔, 소리, 냄새, 촉감까지 생생하다. 이처럼 마음속에 떠오르는 감각적인 영상을 '이미지'라고 한다.

'할머니'라는 말을 들으면 무엇이 떠오르는가? 아마 '할머니는 늙으셨다'보다 '할머니의 주름살'이 먼저 생각날 것이다. 생각보다 이미지가 먼저 떠오른다. 모습이 눈에 보이는 듯 떠오르는 것이 '이미지'다. 그래서 이미지를 '말로 그린 그림'이라고도 한다. 시에서 정말 중요한 이미지를 어떻게 그려낼 것인지 알아보자.

1. 마음속에 모양이 뚜렷이 떠오르게 하라

시를 쓸 때는 읽는 이의 마음속에 이미지가 뚜렷이 떠오르도록 구체적이고 분명하게 표현해야 한다.

키장다리 포플러를

바람이

자꾸만 흔들었습니다

포플러는

커다란 싸리비가 되어

하늘을 쓱쓱 쓸었습니다

구름은 저만치 밀려가고

해님이 웃으며

나를 내려다보았습니다

- 〈포플러〉, 어효선

이 시를 읽으면 포플러가 싸리비처럼 구름을 쓸어내는 모습이 떠오른다. 이미지는 그림처럼 마음속에 감각적으로 생생하게 떠오르는 것이다. 이미지 중심의 '그림 같은 시'는 겉으로 뜻이 드러나지 않는 특징이 있다. 〈포플러〉도 '바람이 불어 하늘이 맑게 개였다'라는 것을 직접 말로 하지 않고 단지 보여줄 뿐이다.

시를 '사상과 관념의 형상화'라고 하는데, 형상화란 바로 '모습이 분명히 떠오르게 그린다'는 뜻이다. 예컨대 '우리 가족은 행복하다'라는 주제를 표현하려면 따뜻한 불빛 아래 가족이 둘러앉아 저녁밥을 먹는 장면을 보여 주어야 한다.

이미지는 사물의 인상을 생생하고 선명하게 해 주며 시에 감각성과 구체성, 신선미를 높인다. 이미지는 묘사, 비유, 상징으로 표현된다. 그 가운데 가장 많이 사용하는 것이 묘사와 비유다. 묘사는 눈으로 보거나 마음으로 느낀 것을 그림 그리듯 표현하는 것이다. 생동감을 느낄 수 있도록 해야 한다는 말이다.

내 방은
부엌 옆에 작은 방
꿈속인 듯
아침마다 듣지요

쌀그락 쌀그락
쌀 씻는 소리
달그락 달그락
그릇들이 내는 소리

솔솔
된장국 끓는 냄새
냄새의 틈새로
보이기도 하지요

냄비 뚜껑 열고

한 숟갈 국을 떠

간을 보시는

엄마의 옆모습

- 〈부엌 옆에 작은 방〉, 유희윤

부엌 옆 작은 방에서 아침밥을 짓는 소리를 듣고 엄마의 옆모습을 보며 엄마의 사랑을 느끼는 아이의 모습을 섬세하게 썼다. 쌀 씻는 소리가 들리고 된장국 끓는 냄새가 코끝을 간질이고 국의 간을 보는 엄마의 모습을 한 장면처럼 묘사했다.

시는 생각과 사물을 눈에 보이듯, 귀에 들리듯, 코로 냄새를 맡듯, 손으로 만지듯, 혀로 맛보듯 생생하게 표현해야 한다.

이처럼 자세히 묘사하고 구체적으로 쓰려면 세밀하게 관찰해야 한다. 어느 시인이 동물을 대상으로 시를 쓴다고 했을 때, 필자는 시를 쓰기 전에 동물원이나 동물 농장에 가서 동물을 관찰하라고 권했다.

그러나 관찰만으로는 부족하다. 염소에 관한 시를 쓰려면 염소와 함께 지내보아야 한다. 생활 체험이 바탕이 되어야 한다. 그래야 보거나 겪은 일을 아주 작은 부분까지 세밀하게 그려낼 수 있기 때문이다.

〈부엌 옆에 작은 방〉을 쓴 시인도 아이의 생활을 가까이에서 지켜보았거나 어린 시절 체험을 바탕으로 썼을 것이다. 여러분도 부지런히 관찰하거나 직접 체험해 보라. 그러면 아주 뚜렷하고 생생한 시를 쓸 수 있을 것이다.

2. 감각적으로 표현하라

감각적 이미지는 시각적, 청각적, 후각적, 촉각적, 미각적 이미지 등이 있다.

먼저, 시각적 이미지는 눈에 보이듯 사물의 모양과 빛깔을 표현하는 것이다.

> 나무들도 고드름처럼 얼어 있고
> 해님도 코끝이 빨갛게 시린
> 겨울 아침

- 〈겨울 아침〉 중, 이준관

나무의 모양을 고드름에, 해님의 모습을 코끝이 시려 빨갛게 언 아이의 모습에 비유해 눈앞에 선히 떠오르듯 표현했는데 이것이 시각적 이미지다.

청각적 이미지는 의성어, 의태어 같은 음성 상징어를 통해서 분위기와 화자의 심리를 나타내는 것이다.

"다섯 시 오 분이 맞아!"

부엉이 시계가

눈을 커다랗게 부릅뜬다

"아냐, 열한 시 정각이야!"

기둥 시계가

뚝딱뚝딱

"일곱 시라니까!"

뻐꾸기시계도 지지 않는다

시계마다 제가 가리킨 시각이

맞는다, 맞는다, 서로 우긴다

뚝딱뚝딱, 투닥투닥

째깍째깍, 찰칵찰칵

우기는 목소리도 다 다르다

- 〈시계 가게〉, 이상교

제각각 시간이 다른 시계들을 재미있게 의인화한 이 시에서 '뚝딱뚝딱', '투닥투닥', '째깍째깍', '찰칵찰칵' 등이 청각적 이미지다.

후각적 이미지는 냄새를 표현하는 것으로 예를 들어 '산새알은 달콤하고 향긋한 풀꽃 냄새 이슬 냄새'에서 '풀꽃 냄새'와 '이슬 냄새'가 후각적 이미지다.

촉각적 이미지는 촉감으로 나타내는 이미지다. '나무껍질을 만져 보면 나무들도 까칠까칠 손등이 텄네'에서 '까칠까칠'이 촉각적 이미지다. 미각적 이미지는 혀로 느끼는 맛을 나타낸 것으로, '짭짤한 간장'의 '짭짤한' 같은 표현이다.

아이들의 최초의 경험은 감각에서 출발한다. 아이들은 항상 눈으로 보고, 손으로 만지고, 코를 킁킁거리며 냄새를 맡고, 쿵쿵 뛰어다닌다. 동시도 아이들의 특성에 맞게 또렷한 이미지를 감각적으로 나타내야 한다.

"톡-"
튕겨보고 싶은

"죽-"
그어보고 싶은

"와-"

외쳐보고 싶은

"풍-덩"

뛰어들고 싶은

그러나

머언, 먼

가을 하늘

- 〈가을 하늘〉, 윤이현

이 시는 '톡-'(촉각), '죽-'(시각), '풍덩-'(청각)과 같은 감각적인 이미지를 사용하여 파란 가을에 대한 느낌을 나타냈다. 맑고 파란 가을 하늘을 보면 맑고 깨끗해서 튕겨 보고 싶고 죽 그어 보고 싶고 풍덩 뛰어들고 싶은 마음이 든다. 어느 시에든 시각, 청각, 후각, 촉각, 미각 등 감각적 표현이 조금씩은 들어 있다.

3. 그림처럼 생생하게 그리되 그 속에 의미가 녹아 있게 하라

이미지는 비유를 통해 나타나는 경우가 많다. 이를 비유적 이미지라고 한다. 비유적 이미지는 앞에 예문으로 나온 '털모자의 방울처럼 생긴 참새', '초인종 같은 조그만 별', '고드름처럼 얼어 있는 겨울나무', '코끝이 빨갛게 언 해님', '커다란 싸리비 같은 포플러', '할머니 냄새가 나는 것 같은 감자' 등 직유법, 은유법, 의인법 등으로 표현된다.

창문을 열고 골목을 바라보면 무언가 시야에 들어올 것이다. 구멍가게, 구멍가게에 앉아 있는 할머니, 전봇대, 전봇대의 전깃줄에 앉아 있는 참새, 친구의 이름을 부르며 달려가는 아이, 자전거를 타고 가는 아이, 담 밑에 흔들리는 강아지풀, 문구점 앞 우체통…

우체통을 보면 전학 간 친구가 생각날지도 모른다. 머릿속에 떠오른 구체적인 생각과 느낌을 붙잡아 그림을 그리듯 생생하게 표현해 보라. 풍경을 표현할 때는 모양, 모습, 빛깔을 분명하게 그려내야 한다. 이것을 흔히 '시의 형상화'라고 한다. 형태와 이미지를 그린다는 뜻이다. 여기서 유의할 점은 이 그림 속에 시인의 마음이 담겨 있도록 해야 한다는 점이다. 그림 속에 자신의 생각과 느낌이 녹아들어야 한다.

비비새가 혼자서
앉아 있었다

마을에서도
숲에서도

멀리 떨어진

논벌로 지나간

전봇줄 위에,

혼자서 동그마니

앉아 있었다

한참을 걸어오다

뒤돌아봐도

그때까지 혼자서

앉아 있었다

- 〈돌아오는 길〉, 박두진

학교에서 집으로 돌아오는 길에 전봇대에 홀로 앉아 있는 비비새를 바라보는 아이의 마음을 표현한 시이다. 비비새를 바라보는 아이의 마음이 풍경 속에 녹아 있다. 겉으로 드러내지는 않지만, 외롭게 앉아 있는 비비새를 가엾고 불쌍히 여기는 마음, 비비새처럼 외로운 아이의 마음이 담겨 있다.

이미지가 뚜렷한 시는 풍경 속에 시인의 기분이 나타난다. 여러분도 '외롭다', '슬프다'는 감정을 겉으로 말하지 말고 풍경 속에 표현해 보기 바란다. 그림 같은 시는 시를 지은 사람이 '외롭다', '슬프다', '그립다'라고 직접 말하지 않아도 독자에게 같은 감정을 느끼게 한다.

/

리듬을 어떻게 살려낼 것인가

동시를 쓸 때는 노래하는 마음으로 써야 한다. 시는 마음속의 생각과 느낌을 운율이 있는 말로 압축해서 나타낸 장르다. 시도 그렇지만 특히 동시는 리듬과 음악성을 살려야 한다. 아이들은 노래 부르고 흥얼거리기를 즐기기에 리듬감 있는 시를 좋아한다. 운율이 없는 동시는 아이들에게 환영받기 어렵다. 시에서 리듬을 살려내는 방법을 알아보자.

1. 리듬이 살아야 시가 살아난다

'운율(韻律)'에서 '운'은 같거나 비슷한 음이 행이나 연의 일정한 위치에 규칙적으로 나타나는 것으로서 음위율에 해당한다. 첫머리에 규칙적으로 나타나면 두운(頭韻), 가운데 나타나면 요운(腰韻), 마지막에 나타나면 각운(脚韻)이라고 한다. '율'에는 음절의 수가 규칙적으로 나타나는 3·4조, 4·4조, 7·5조와 같은 음수율과 소리의 강약, 고저, 장단 등이 조직적으로 반복되어 나타나는 '음성률'이 있다.

시는 의도적으로 음악성을 추구한다. 시를 운문이라고 하는 것은 '운'이 있는 글이라는 뜻이다. 운율은 시가 한 편의 정리된 예술임을 보여주며, 시적 의미와 연결되어 시를 오래 기억하게 한다. 리듬이 있는 시는 우리를 말의 무감각에서 깨어나게 한다. 아이들은 반복되는 리듬에 쾌감과 즐거움을 느끼고 그에 깊은 인상을 받을 수 있다. 따라서 동시를 쓰려는 사람은 음악성을 최대한 살리도록 노력해야 한다.

좋은 날
돌아오면
떡 하느라 바쁘네

둥개둥개 우리 아가
백일하고 돌날엔
눈 같은 백설기
동글동글 수수떡

할머니 생신 때는
말랑말랑 인절미

우리 마을 고사 때는
시루에 찐 팥 시루떡

빚는 재미보다도
먹는 재미보다도
이웃에 돌리는 재미로
한 말 두 말 늘어나는 떡쌀

떡 하는 집
많은 동네
웃음소리 넘치네

- 〈떡〉, 양재홍

시의 리듬은 흔히 3·4조나 7·5조처럼 글자 수를 맞추는 것으로 알고 있지만 3·4조나 7·5조는 이제 동요에서나 찾아볼 수 있다. 위의 시처럼 '재미', '수수떡', '시루떡'처럼 비슷한 말이나 '둥개둥개', '동글동글', '말랑말랑' 같이 비슷한 소리, 또는 같은 글의 짜임을 반복하여 리듬을 만들어야 한다. 글자 수를 기계적으로 맞추려 하면 리듬이 부자연스러워진다는 것을 기억해야 한다.

2. 같은 말과 소리, 글의 짜임을 반복하라

음악성을 살리는 방법은 어렵지 않다. 같거나 비슷한 단어, 소리, 짜임을 되풀이하면 된다. 아이들의 놀이와 노래에는 반복되는 동작, 리듬을 쉽게 발견할 수 있다. 아이들은 반복을 좋아한다. 동시에도 반복을 통한 리듬을 잘 살려내야 한다.

실비 금비 내려라
잔디밭에 내려라

실비 꽃비 내려라
꽃송이에 내려라

실비 싹비 내려라
가지마다 내려라

실비 떡비 내려라
못자리에 내려라

실비 은비 내려라
연못 속에 내려라

- 〈실비〉, 강정안

이 시는 같거나 비슷한 말, 소리가 되풀이되어 재미있는 리듬이 생겼음을 알 수 있다.

달랑달랑
꼬리치며
졸랑졸랑
따라오고

졸랑졸랑
따라오다
발랑발랑
재주넘고

- 〈강아지〉, 문삼석

이 시는 '달랑달랑', '졸랑졸랑'처럼 자음 ㄹ과 ㅇ을 되풀이하여 귀여운 강아지를 표현했다. 이처럼 같은 말, 소리를 반복하면 아니라 흥미로운 말놀이시가 된다.

글의 짜임을 같게 하여 음악성을 살리는 방법도 있다.

나무가 무슨 생각을 하는지
가만히 손을 대본다

나무가 무슨 생각을 하는지
가만히 귀를 대본다

나무도 날 좋아하는지
살며시 뺨을 대본다

나무도 날 좋아하는지
살며시 팔로 안아본다

아, 싱싱한
나무 향기

나무도 날 좋아하는 걸
나는 나무 냄새로 안다

- 〈나무가 무슨 생각을 하는지〉, 유경환

이 시는 '나무가 무슨 생각을 하는지', '나무도 날 좋아하는지', '가만히 손을 대본다', '살며시 뺨을 대본다'처럼 짜임이 같거나 비슷한 구절을 반복하여 음악성을 살렸다.

이슬비는 이슬비여서

이슬처럼 예쁘게 맺히려고

이슬이슬 내려오지

강아지풀 잎 위에

- 〈비의 노래〉 중, 이준관

필자가 쓴 동시의 일부다. 이슬비가 내리는 느낌을 오롯이 살리기 위해서 '이슬'이라는 말을 되풀이했다. 노래하는 기분으로 같은 말과 소리, 글의 짜임을 반복하라. 그러면 리듬이 살아난다.

누구의 눈으로 보고 누구의 목소리로 말할 것인가

화자(話者)는 시 속에서 말하는 사람, 또는 이야기하는 사람이다. 어린이들이 쓴 시는 자신의 삶과 마음을 표현하기 때문에 특별히 화자에 대해 신경쓰지 않는다. 그러나 동시는 어른이 어린이의 마음으로 보고 느끼고 생각하여 쓴 시이다. 따라서 시 속에서 어린이 화자를 내세워 아이의 눈으로 보고 목소리로 말할 것인지, 아니면 아이들의 마음을 관찰자의 입장에서 쓸 것인지 결정해야 한다.

1. 아이의 눈으로 보고 목소리로 말한 시

동시는 어른이 동심으로 돌아가 대상을 보고 쓴 시, 또는 자신이 보거나 겪은 일을 아이의 입장에서 생각하고 느끼며 쓴 시이다. 그래서 동시에는 아이의 눈으로 보고 아이의 목소리로 말하는 형식이 많다. 이런 시를 어린이 화자의 시라고 할 수 있다.

교실 창문을 열면
해가 들어온단다
교실에는 해가 앉을 걸상이
맨 앞자리에 있단다

교실 창문을 열면
하늘이 들어온단다
하늘이 창문턱에 걸터앉아
유리창을 파랗게 닦아놓지
우리들 공부가 끝날 때까지

열려진 창문으로
잠자리도 들어온단다
잠자리는 앉을 자리가 없지
새로 전학 온 아이처럼

그러나 우리들이 다투어 부른단다
"얘, 얘, 내 옆에 앉아! 내 옆에 앉아!"

- 〈가을 교실〉, 이준관

이 시는 교실에 잠자리 한 마리가 들어오면서 벌어진 작은 소동이 계기가 되어 썼다. 열린 창문으로 잠자리가 들어오자 공부하던 아이들이 "잠자리야, 내 옆에 앉아. 내 옆에 앉아." 하면서 떠들어댔다. 잠자리에게 옆자리에 앉으라는 아이들의 모습이 귀엽고 사랑스러워서 나는 문득 이런 생각이 들었다.

'해도 교실에 들어오고 싶었을 거야. 아마 해는 맨 앞자리에 앉아야 할 거야. 그래야 교실이 밝고 환해질 테니까…'

'하늘도 교실에 들어오고 싶겠지. 아마 하늘은 창문턱에 걸터앉아 유리창을 파랗게 닦아 놓을 거야. 그러니까 아이들 공부가 끝날 때까지 교실 유리창이 파랗지.'

'그래 맞아! 잠자리도 아이들이 공부하는 교실에 들어오고 싶었을 거야. 그런데 저렇게 아이들이 내 옆에 앉으라고 하는 걸 보면 새로 전학 온 아이가 틀림없어.'

잠자리가 교실에 들어와 벌어진 소동을 보고 상상을 펼치자 별 힘들이지 않고 〈가을 교실〉이라는 동시가 쓰였다. 그런데 쓴 후에 고민에 빠졌다.

열려진 창문으로
잠자리도 들어온단다
잠자리는 앉을 자리가 없지
전학 온 아이처럼

그러나 아이들이 다투어 부른단다
“얘, 얘, 내 옆에 앉아! 내 옆에 앉아!”

고민은 바로 ‘아이들’이라는 말에 있었다. 아이들의 모습을 보고 썼기 때문에 나는 당연히 ‘아이들’이라고 표현했다. 그러나 어쩐지 관찰자처럼 한발 물러서 있는 것 같아 아이들이 직접 체험한 형식으로 쓰는 게 낫겠다는 생각이 들었다. 그래서 ‘아이들’을 ‘우리들’이라고 고쳤더니 아이들이 직접 겪은 것처럼 실감 나는 시가 되었다.

이와 같이 아이의 눈과 마음으로 세상을 바라보고 쓰는 형식, 즉 어린이 화자를 내세워 쓰면 아이들이 시 속의 화자와 동일시되어 쉽게 공감할 수 있고 친근하게 읽을 수 있다는 장점이 있다. 그러나 아이의 경험과 시각에 한정함으로써 시의 세계가 아이들의 생각과 경험을 벗어나지 못한다는 단점도 있다.

2. 아이들의 생활을 보고 쓴 시

동시를 쓸 때 아이들의 생활을 관찰하여 그 모습과 느낌을 그대로 나타내는 경우가 많다. 아이들의 생활과 동심의 세계를 관찰하여 그림을 그리듯 보여주는 시에는 화자가 겉으로 드러나지 않는다.

줄넘기를 하는데
나도 끼워줘
나도 끼워줘
너도 나도 끼워 달라고 조르는 바람에,
줄넘기는 하난데
머리 나풀나풀 뛰는 애들은 여럿이란다

숨바꼭질은 하난데
나도 끼워줘
나도 끼워줘
너도 나도 끼워 달라고 조르는 바람에,
술래는 하난데
머리 꼭꼭 숨는 애들은 여럿이란다

- 〈나도 끼워줘〉, 이준관

골목길에서 줄넘기와 숨바꼭질을 하는 아이들의 모습을 관찰하고 쓴 동시이다. 너도 나도 놀이에 끼워 달라고 조르는 아이들의 마음이 드러나 있다. 동시는 아이들의 생활을 관찰하여 쓴 시가 많다. 화자와 청자가 없는 화제 중심, 메시지 중심의 시도 많지만 동시는 관찰자의 시점보다는 되도록 아이를 화자로 내세워서 쓰는 것이 좋다.

3. 다양한 목소리로 말하기

사람마다 말투가 다르다. 상대방에 따라 말투가 달라지고, 기분에 따라서도 달라진다. 상대방이 미우면 자연히 퉁명스럽고 냉소적이고 비판적인 말투가 나올 것이며, 상대방이 마음에 들면 친절하고 우호적인 말투로 이야기할 것이다. 기분이 좋으면 명랑하고 쾌활한 말투가 될 것이고 슬플 때면 우울한 말투가 될 것이다.

시의 어조(목소리)도 이와 마찬가지다. 시 속에서도 상대방에 따라, 기분에 따라 목소리와 말씨가 달라진다. 어조는 시적 대상에 대한 화자의 태도, 화자의 감정에 따른 목소리, 또는 청자에 대한 화자의 태도를 말한다. 어조는 시의 느낌과 분위기를 만들어내고, 주로 시에 쓰이는 말과 종결 어미에 의해 나타난다.

나는 오늘이 좋아

오늘 아침 일찍 새들이
나를 깨워주었고,
저것 봐!
오늘은 좋은 일이 많을 거야
해가 함빡 웃잖아

오늘 학교에서는

선생님 질문에

자신 있게

대답할 수 있을 거야

입에서 절로 휘파람이 나오는

즐거운 오늘

안녕! 즐겁게 만날 친구도 많고

야호! 신나게 할 일도 많은

나는 오늘이 좋아

- 〈오늘〉, 이준관

오늘을 맞이해 가슴 설레는 아이의 마음을 노래했다. 시의 분위기는 환하며 화자의 마음은 명랑하다. 시의 정서에 맞게 화자의 어조(목소리)는 기대에 차 있다. 시에 쓰인 말도 '새', '해', '휘파람', '안녕', '야호'처럼 유쾌하다. 또한 문장을 끝맺을 때도 '좋아', '웃잖아', '많을 거야', '있을 거야' 같이 밝은 느낌을 주는 양성 모음을 골라 썼다. 이처럼 시를 쓸 때는 시의 분위기나 정서, 주제에 어울리는 말투와 목소리를 선택해야 한다.

- 엄마 손을 잡고 갔어요
- 얼굴이 온통 빨개졌어요
- 꿈을 꾸고 있나 봐요
- 노래할 거예요

우리 동시는 위의 예처럼 끝맺는 글이 많은데 초등학교 고학년을 대상으로 한 시에는 어울리지 않는다. 그러나 유아나 초등학교 저학년을 대상으로 한 시에는 '갔어요', '–했어요', '–거예요', '–한대요'가 더 어울린다. 따라서 고학년 대상의 시에는 '얼굴이 온통 빨개졌어요'는 '얼굴이 온통 빨개졌다'로, '엄마 손을 잡고 갔어요'는 '엄마 손을 잡고 갔다'로 '–요'보다 '–다'로 바꿔 쓰기를 권한다. 그러나 절대적인 것은 아니므로 고학년을 대상으로 한 시에도 '–했어요', '–거예요'를 쓸 수는 있다. 다만 유의할 점은 시를 끝맺는 말을 다양하게 하는 것이다. 글의 마지막을 모두 똑같이 '–요' 또는 '–다'로 맞추면 너무 단조로워진다.

자장면 배달원이면 어때?
오늘은 철가방을 들고 뛰지만,
꿈은 크다구
조금씩 모이는 게 있어서 그래
적지만 주머니 안에 야물게 쌓인다구

"예! 예!"
한 사람에게라도 더 친절히 해주면
그 아이 쓸 만하다는 소문이 돌지

난 야간부 학생. 늦은 밤에
조는 친구에 끼여, 앞날을 내다보지
박사도 될 수 있다. 교수도. 그러나-

조그만 공장
몇 사람 직공을 두고
땀내 나는 노동복,
그래도 나는 사장이 될 거다

남는 힘으로 이웃을 보듬고
깜짝 놀랄 제품을 내고 보면
"자장면 배달 아이였다지. 그 사장이."
하는 칭찬이 들겠지

"그 사람 쓸 만하군."
그 땐 온 시민이 권해서
사장이 되는 거다

자장면 배달하듯
시민을 살피고 보면
"그 시장 쓸 만하군."

국민이 밀어주어
대통령은 왜 못 돼?
그 땐 이름까지
자장면 대통령이야
짠–!

- 〈자장면 대통령〉, 신현득

아주 재미있는 시이다. 끝맺는 말이 독특하고 개성 있어서 눈길을 끈다. '–했어요', '–거예요', '–한다' 등 비슷한 말만 보던 독자들은 '크다구', '돌지', '그러나', '–거다', '짠–' 등 끝맺는 말이 여러 가지라 흥미를 느낄 것이다. 여러분도 서술어를 독특하게 사용해 보라. 어조가 다양해야 살아 있는 시가 된다.

3장

다양한 동시와 유의점

/

세상 모든 것을 즐겁게 시로 써 보라

생활 속에 시가 있다. 생활하면서 느낀 것, 또는 하고 싶은 말을 써 보라. 아이들의 생활을 눈여겨보고 시로 써 보고, 어린 시절의 추억도 시로 써 보라. 주변의 사물과 동식물도 시로 재미있게 옮겨 보라. 읽는 이에게 웃음을 주는 익살스러운 시, 유아들을 위한 말놀이시를 쓰는 것도 흥미로울 것이다.

시 쓰기는 즐거워야 한다. 세상에 있는 모든 것들을 즐거운 마음으로 시로 옮겨 보라.

1. 생활시

자신의 생활처럼 소중한 것이 어디 있으랴. 기쁘면 기쁜 대로 기쁨을 표현하고 싶고, 슬프면 슬픈 대로 슬픔을 말하고 싶을 것이다. 작고 자질구레한 일들이 바로 우리의 소중한 일상이다. 시는 특별한 것이 아니다. 작고 사소한 것에 생각과 상상을 더해 살을 붙이고 묘사와 비유로 실감 나게 쓰면 바로 시이다. 보잘것없고 볼품없다고 여기는 자신의 생활을 소중히 여기고 시로 써라.

우리는 그냥 골목을 지나가는 적이 없지
못 보던 개를 만나면
꼭 별명을 붙여주지, 우스꽝스런 별명을
길바닥에 놓인 공을 보면
엉덩이를 발로 힘껏 차주지
그러나 걱정 마
하늘이 덥석 받아주니까
우리는 그냥 골목을 지나가는 적이 없지
도넛 가게 앞에서
아줌마 도넛 얼마예요?
도넛 값만 물어보고 가지
그러나 걱정 마
아줌마는 생글생글 마음씨가 좋으니까
새로 이사 온 집 앞에선
무조건 초인종을 누르지
그러나 걱정 마
우리 나이 또래의 애가 나와
"누굴 찾아왔니?" 하고 물을 테니까

우리는 그냥 골목을 지나가는 적이 없지

담벼락 위에 해가 얼마나 높이 떴나,

한 뼘 두 뼘 재어보지

그렇게 우리도 한 뼘 두 뼘 자라지

- 〈우리는 그냥 골목을…〉, 이준관

이처럼 가까이 있는 것을 쓰면 된다. 아이들과 친구로 사귀고 아이들과의 대화를 즐겨라. 아이들의 생각과 일상이 담긴 일기와 글을 읽어라. 그러면 아이들의 생활을 잘 알 수 있고 좋은 시를 발견할 수 있을 것이다.

어린 시절의 체험도 좋다. 참외 서리, 병정놀이, 팔씨름, 멱 감기, 공차기, 썰매 타기, 연날리기, 불싸움 놀이, 팽이치기, 말 타기, 콩 서리, 땅 뺏기, 제기차기, 닭싸움, 구슬치기, 고기잡이, 보리 베기, 꼴 베기… 도시에서 자란 사람은 골목길에서 놀았던 일, 만났던 사람, 즐겁고 안타까웠던 일들을 써 보라.

참외 서리 하던 밤은

유난히도 반딧불이 많았었지

풀벌레 울음소리마저 그치고

할아버지 코 고는 소리만

들리는 밤이었지

참외밭 푸른 잎의 물결이
종아리를 철썩철썩 때리던 밤
어쩌다 코 고는 소리마저 그치면
땅에 엎드려 두더지처럼 기었지

바지 가득 저고리 가득 담고
얼마쯤 달려나오면
우리들 주위는 온통
노란 달덩이들이 뒹굴며
밝은 웃음꽃을 피워주었지

배 터질 정도로 많이 먹으며
"할아버지, 코 고시는 소리가 안 들렸는데
우리들인 줄 아셨을까?"
"그럼, 알고말고.
그냥 주무시는 척
코를 더 크게 고셨을 거야."
밤 깊은 줄도 모르고
우리들은 쫑알거리고 있었지

- 〈참외 서리〉, 이준섭

참외 서리를 하던 어린 시절의 이야기를 눈에 보일 듯 손에 잡힐 듯 그렸다. 마치 우리가 원두막에 있는 느낌이 든다. 여러분도 자신이 직접 겪은 일을 실감 나게 써 보기 바란다.

2. 사물시와 동물시

자신의 손때가 묻은 사물을 시로 써 보자. 다음은 아이의 밥그릇을 보고 쓴 시이다.

> 내 밥그릇이 있다
> 오목오목하게 생긴 내 밥그릇
> 고것 참, 복스럽다 하고
> 할머니가 말하는
> 내 밥그릇이 있다
> 어머니가 수북이
> 밥을 담아주는
> 내 밥그릇
> 오목오목
> 밥을 먹으면
> 오목오목
> 살이 붙는
> 내 밥그릇이 있다

볼이 오목오목 복스럽게 생긴

- 〈내 밥그릇〉, 이준관

이 시는 밥그릇과 볼이 오목오목 복스러운 아이가 닮은 것을 보고 썼다. 사물을 보고 머리에 반짝 떠오른 생각을 옮겨 보라. 사물을 대상으로 시를 쓸 때는 특징을 잘 잡아야 한다. 이 시에서는 오목한 밥그릇의 모양을 잡아냈다. 사물을 묘사하거나 의인화해서 표현해 보는 방법도 좋다.

씨앗으로 뿌려질 때부터

김치가 될 줄 알고 있었기에

넌출넌출 푸른 잎 키웠지요

그 잎으로 나비도 키웠어요

그러나 김치가 되는 건 쉽지 않았지요

- 〈난, 김치예요〉 중, 이혜영

위 시는 배추가 김치가 되기까지의 이야기를 김치의 입장에서 표현해 본 것이다.

또는 동물의 특징을 포착하여 시를 쓰는 것도 좋다.

왜 그러니?

-머얼뚱

할 말 있니?

- 머얼뚱

나를 보는

누렁소

커단 눈만

- 머얼뚱

- 〈머얼뚱〉, 문삼석

누렁소가 커다란 눈으로 나를 멀뚱멀뚱 쳐다보는 모습을 썼다. 동물의 특징을 잡아내어 시를 쓰는 것도 재미있다.

3. 재미있고 익살스러운 시

아이들이 유쾌하게 웃을 수 있는 시를 써 보라. 우리 시에는 웃음이 부족하다. 교훈에 집착해 동시 속에 착한 정서만 담으려고 하기 때문이다. 때로는 익살스럽게 써 보라. 시는 재미있어야 하니까.

이이는 누렁니

칠칠은 빼끼칠

팔팔은 곰배팔

구구는 닭모시

어느새

구구셈을 다 외웠네

- 〈구구셈〉, 김용택

이 시는 아이들이 구구단을 외우는 모습을 익살스럽고 재치 있게 표현했다.

'원조 떡볶이집' 앞을 지나면서

침이 꿀꺽!

"떡볶이, 참 맛있겠다!"

'맛있는 빵집' 앞을 지나면서

침이 꿀꺽!

"팥빵, 참 맛있겠다!"

'영주네 만두집' 앞을 지나면서

침이 꿀꺽!

"통만두, 참 맛있겠다!"

학원 갔다 돌아오는 늦은 저녁 길
침이나 꿀꺽꿀꺽,
이러다 내 인생
다 끝나겠다!

- 〈내 인생〉, 이상교

'내 인생'이라는 제목도 독특하지만 '이러다 내 인생 다 끝나겠다!'라고 중얼거리는 주인공의 말과 행동은 더욱 우스꽝스럽다. 그러나 웃음만 주는 것이 아니라 요즘 아이들이 학원 다니느라 정신없는 세태도 은근히 꼬집고 있다.

4. 말놀이시

말놀이시를 쓰는 것도 재미있는 창작이다. 일부에서는 이런 시를 말장난이라며 부정적으로 보기도 하지만 유아들을 대상으로 한 시는 말놀이가 필요하다.

우리 집 강아지는
감이 열리면 반가워서
감나무 둘레를

감감감 돕니다

달이 뜨면 반가워서
달을 보고
달달달 짖습니다

반가운 것이 아주 아주 많아서
발발발
바쁩니다. 아침부터 밤까지

- 〈반가워서〉, 이준관

이 시는 강아지가 감나무를 맴도는 모습을 '감감감', 달을 보고 짖는 소리를 '달달달', 바쁘게 움직이는 모습을 '발발발'이라는 의성어, 의태어를 써서 강아지의 귀여운 모습을 효과적으로 나타냈다. 유아들이 읽는 시는 이처럼 반복, 말놀이 요소가 강하다. 여러분도 반복법과 리듬을 살려 유아들의 호흡에 맞는 말놀이시를 써 보기 바란다.

/

동시를 쓸 때 이런 점을 주의하라

1. 모작과 표절

동시는 소재나 표현에 상당히 제약이 따르기 때문에 자신도 모르게 다른 작품과 비슷하게 쓰는 경우가 많다. 특히 직접 보거나 겪은 일이 아니라 머리로 생각해서 쓸 때는 더욱 그렇다. 이는 어른이 쓴 동시뿐만 아니라 어린이가 쓴 아동시도 마찬가지다.

모작과 표절을 피하려면 자신이 직접 겪은 일을 쓰거나 아이들의 생활을 관찰해서 써야 한다. 그리고 똑같은 소재를 다루더라도 자신의 개성이 담긴 관점으로 써야 모작이나 표절작이 나오지 않는다.

2. 연령에 맞게 쓰기

어린이들은 나이에 따라 어휘력, 이해력, 사고력에 큰 차이가 난다. 아이들에게는 한두 살도 엄청난 차이다.

대개 학령을 기준으로 유치원, 초등학교, 중학교로 나누고 초등학교는 다시 저학년, 중학년, 고학년으로 분류한다. 그리고 유치원 이전에 유아기를 넣을 수 있다. 연령에 따라 유아에 맞는 시는 유아 동시, 유치원생에게 맞는 시는 유년 동시, 초등학생에 맞는 시는 동시, 중학생에 맞는 시는 청소년시로 나눌 수 있다.

동시를 쓸 때는 대상 연령에 맞추어 써야 한다. 연령에 맞는 어휘를 선택하고 시적 표현의 눈높이를 조절해야 한다. 또한 작품 평가도 시가 연령에 맞게 쓰였는지를 가늠하여 이루어져야 한다.

3. 지나친 성인 의식, 유아 의식 피하기

동시는 어른이 쓰기 때문에 어쩔 수 없이 어른의 시선이나 의도가 들어갈 수밖에 없다. 그러나 지나치면 안 된다. 흔히 '성인 의식'이 너무 앞서면 어른의 시가 되므로 어른의 정서와 생각에 너무 빠지지 않아야 한다.

성인 의식 반대편에 '유아 의식'이 있다. 동시를 처음 쓰는 사람들이 가장 빠지기 쉬운 함정이다. 동시는 아이들이 읽는 글이므로 그 수준에 맞추려 일부러 어린 티를 내거나 어리광조의 말투를 사용한다. 그러나 아이들은 의외로 자신을 어리다고 생각하지 않는다. 아이를 '꼬마'라고 부르면 당장 "왜 제가 꼬마예요?"하고 반발할 것이다.

아이들을 어리다고 얕잡아 보지 말고, 마찬가지로 동시도 아이들이 읽는 시라고 해서 얕잡아 보면 안 된다. 어린 티, 어리광부리는 혀 짧은 소리 등 지나친 유아적 표현은 삼가야 한다.

4. 회고조, 과거 지향 피하기

동시는 어른인 동시인의 유년 시절 체험을 담는 경우가 많다. 어렸을 때의 경험을 생생하게 담으면 좋은 동시가 된다. 유의할 점은 단순히 옛날의 추억담을 늘어놓거나 지나치게 회고조에 빠져서는 안 된다는 것이다. 요즘 아이들의 정서, 감각, 생활에 너무 동떨어지지 않게 추억을 현재화하는 것이 좋다. 과거의 이야기를 하되 바로 눈앞에 보이듯 그려내거나 요즘 아이들의 정서와 감각에 맞게 재구성하는 방법이 있다.

/

제목은 어떻게 붙일 것인가

시의 제목은 사람이나 사물의 이름 같은 것이다. 이름을 잘 지어야 하듯 시 제목도 잘 지어야 한다. 그러려면 독특한 개성이 드러난 제목을 붙여야 한다.

예전에는 시의 제목이 대체로 명사, 특히 보통 명사가 많았다. 가장 많은 것이 계절을 이르는 '봄', '여름', '가을', '겨울'이었다. 그리고 '눈', '비', '바람', '구름'처럼 날씨나 '친구', '어머니', '아버지', '내 동생' 같은 가족, 친구와 관련된 것들이었다.

명사형 제목뿐만 아니라 명사구 형태의 제목도 많았다. '따뜻한 봄', '집 보는 날' 따위이다. 지금도 명사나 명사구로 된 동시 제목이 많지만 이런 제목은 너무 평범하다. 보통 명사는 더욱 눈에 띄지 않는다.

요즘은 보통 명사가 아닌 고유 명사로 쓴 제목이 많다. '영실이 깜실이', '찬주네 땅개', '방실이 방지현', '영순이 여름 방학', '유순이', '영근이', '순덕이', '김옥춘 선생님', '유만수' 등 구체적으로 사람 이름을 제목으로 붙인 시도 있다.

제목이 너무 막연하고 일반적이거나 추상적이면 시의 내용도 평범하기 쉽다. 제목만 보아도 그 시가 개성이 있는지 식상한지 가늠할 수 있다.

독특하고 인상적인 제목을 붙여야 독자의 관심을 끌 수 있다. 그런 면에서 사람 이름을 붙인 시는 독자의 눈길을 끌 뿐 아니라 내용 또한 사실적이고 풍부하다.

짧고 추상적인 명사(구)보다는 좀 길더라도 서술형 제목을 붙이는 것도 좋다. 아예 시의 첫 행을 따서 제목을 붙이는 경우도 있다. 어느 경우든 제목은 산뜻하고 참신해야 한다. 다음은 필자의 기억에 남는 제목을 열거한 것이다.

〈바다는 한 숟갈씩〉, 〈……없는〉, 〈열 줄짜리 봄의 시〉, 〈쿵쿵쿵쿵〉, 〈귀염이네 집이라고 부르게 된 이유〉, 〈무릎 학교〉, 〈자장면 대통령〉, 〈지렁이에게 주는 상장〉, 〈찻숟갈〉, 〈놓고 짱짱 들고 짱짱〉, 〈붕어빵 아저씨 결석하다〉, 〈먼지야 자니?〉, 〈있잖니 그맘때〉

제목은 시의 이름과 같다. 제목이 시를 돋보이게 한다는 것을 기억하기 바란다.